腐女子な妹ですみません
Fujoshi na Imouto de Sumimasen. Koharu KOKONOE

ビーズログ文庫
アリス

腐女子な妹ですみません

九重木春

イラスト／カワハラ恋

この作品はフィクションです。実在の人物、団体名等とはいっさい関係ありません。

CONTENTS

腐女子な妹ですみません
人物紹介
冴《さえ》草《ぐさ》和泉《いずみ》
高校生。男子校の寮暮らし。
女性が苦手だけど……？
Izumi Saegusa
冴《さえ》草《ぐさ》悠《ゆう》子《こ》（旧姓：賀村）
モグラ系腐女子な中学生。
野球漫画『フライングバッター』
の大ファン。
Yuuko Saegusa

越《こし》田《た》麻《ま》紀《き》

本格派腐女子な中学生。
悠子と同じ
漫画アニメ研究部に所属。

佐《さ》藤《とう》貴《たか》士《し》

和泉のルームメイト。
野球部。

冴草家

Saegusa Family

冴《さえ》草《ぐさ》正《まさ》輝《き》

和泉の父。世界を股にかける
フォトグラファー。

冴《さえ》草《ぐさ》 妃《きさき》

悠子の母。（旧姓：賀村）
通訳兼翻訳家。

一　妹の困惑

「悠子《ゆうこ》のお兄さんになる和泉《いずみ》くんよ。挨拶《あいさつ》なさい」

一八〇はあるだろう身長の頂点を見上げて、私は硬直《こうちょく》した。透《す》けるような亜麻色《あまいろ》の髪《かみ》に、白目に影《かげ》を落とす長い睫毛《まつげ》、整った鼻筋、薄《うす》めの唇《くちびる》は品のいい微笑《びしょう》を浮かべている。例えるならば、物憂《ものう》げな瞳《ひとみ》で図書館の窓際に佇《たたず》む中性的美青年。そのキラキラトーンを背負ったような義兄《あに》に、私はぽかんと口を開けて茫然《ぼうぜん》としていた。

誰《だれ》か、ウソだと言ってくれ。脳内《のうない》では兜《かぶと》を被《かぶ》った爺《じい》が『撤退《てったい》じゃ撤退じゃ～』と号令を掛《か》けている。三等兵の私は、一目散に逃《に》げ出したい衝動《しょうどう》をぐっと堪《こら》えた。

思わず、隣《となり》に立つ母を恨《うら》めしげに睨《にら》む。しかし母は、私の鋭《するど》い視線の意味に気付いているにもかかわらず知らぬ顔を貫《つらぬ》いた。無視するなんてひどい。それどころか母は更に傷心の私に容赦《ようしゃ》ない追い打ちを掛けた。

「あらあら、悠子はかっこいいお兄さんが嬉《うれ》しくて、言葉にならないみたいね」

見当違《けんとうちが》いも甚《はなは》だしい台詞《せりふ》にピクリと眉が動く。

だ、れ、が、嬉しいって？　そんなこと、私は一言も言っていませんけど。

私はまるで二次元から飛び出してきたような義兄を前に、挨拶も忘れて一カ月前のことを思い出していた。

終業式を終えた三月のある日のことだった。夕飯を終え、私がお皿を持って立ち上がろうとした時、母が神妙《しんみよう》な面持《おもも》ちで話を切り出した。

「悠子にね、紹介《しょうかい》したい人がいるの」

遂《つい》にこの時が来たか、ごくりと唾《つば》を飲む。

娘《むすめ》の私から見ても、通訳として働く母は若々しく綺麗《きれい》な人だ。快闊《かいかつ》で男っぽいところもあるけど、その竹を割ったような性格で初対面の人ともすぐに仲良くなってしまう。そんな人だから、いつかこんな日が来るのではないかと予感はしていた。

「もう、遅《おそ》いくらいだよ、お母さん。私のお父さんになる人はどんな人なの？」

私は努めて明るい声を出した。物心つく前に父を亡くした私には、父親がいる環境《かんきょう》がどんなものなのかわからない。そのことに不安を覚えつつも、母の再婚《さいこん》に反対する気は毛頭なかった。

母は苦労しながら女手ひとつで私を育ててくれた。その母が新たな幸せを摑《つか》もうとしているのだ。娘の私が協力しなくて誰がする。

本当は数年後に就職したら働く時間を減らしてもらって、私が母を支える気満々だったけれど……母は再婚に踏《ふ》み切った。私の中で、思い描《えが》いていた未来が変わっていこうとしている。嬉しそうに笑う母の笑顔に一抹《いちまつ》の寂《さび》しさを感じながらも、私は母が語る再婚相手の話に耳を傾《かたむ》けた。

後日、母はレストランで義父《ちち》になる冴草正輝《さえぐさまさき》さんを紹介してくれた。仕事は主に海外の風景写真を撮《と》るフォトグラファーで、偶々《たまたま》現地で通訳をしていた母と知り合ったらしい。

朗《ほが》らかで話しやすい義父を私はすぐに好きになった。何といっても、母にベタ惚《ぼ》れであろうその熱い眼差《まなざ》しや愛情の滲《にじ》む語り口に、私は安心感を覚えた。この人とならいい家族になれそうだ。私が期待に胸《むね》を弾《はず》ませていると、義父が思わぬことを口にした。

「悠子ちゃんの父親になれてオレも嬉しいよ。あとここにはいないけど、オレには一人、息子がいるんだ」

それは、初耳だ。しかし、一人っ子である私には朗報《ろうほう》だった。実は密《ひそ》かに弟妹《ていまい》に憧《あこが》れを抱《いだ》いていたのだ。一緒《いっしょ》にゲームしようよって誘《さそ》ったら頷《うなず》いてくれるだろうか。わくわくしながらどんなコなのか義父に尋《たず》ねた。

「もう子供《こども》なんて言える歳《とし》じゃないよ、今年で高校二年だから。悠子ちゃんのお兄さんになるね」

「そうですか……」

その話を聞いて、私のテンションはズドーンと天から地の底まで落ちた。

正直、男子高校生なんて現実的で生々しい存在には、関わりたくない。母子家庭で育ち、人見知りの気がある私は男性に免疫《めんえき》がない。その上、人には言えないような趣味《しゅみ》を持っている私にとって、その義兄の存在は脅威《きょうい》にしかなり得なかった。

「心配しなくても大丈夫。息子は寮暮《りょうぐ》らしで滅多《めった》に帰ってこないから、安心して」

ありがたいことに、義父は私の内気な性格を察してくれているようだった。母から私の話を聞いていたのだろうけど、外見も性格を裏切らないと私は胸を張って言える。

美容院に行きたくないために伸ばしっぱなしの黒髪を後ろで一本に結び、お洒落《しゃれ》のオの字もない服装《ふくそう》、極めつけに黒縁《くろぶち》の眼鏡《めがね》だ。

「息子に何を言われても気にしなくていいからね。今度は息子と一緒に悠子ちゃんちに行くからよろしく」

今、義父は何気なく恐《おそ》ろしいことを口にしなかったか。反抗期《はんこうき》の息子さんなのだろうか。そんな気難《きむずか》しい男子高校生が相手なら、小心者の私は何を言われても気に病《や》む。

だが、どんな相手であろうとも目下《もっか》の目標は変わらない。母のための家族円満計画だ。できる限りの力を振り絞《しぼ》って、義兄を歓迎《かんげい》しようではないか。そう決意を固めていたのに——

「悠子」

ハッと、隣に立つ母の声で我《われ》に返った。予想を上回る難敵の奇襲《きしゅう》に意識が飛んでしまった。私はもう一度、怖々と目の前の現実を確かめる。非の打ち所のない魅惑的《みわくてき》な容貌《ようぼう》、襟《えり》足《あし》に流れる艶《つや》めく髪、首元から覗《のぞ》く色気漂《ただよ》う鎖骨《さこつ》、すらりとした長い手足。

まさか、こんな無駄《むだ》にかっこいい人だなんて……？

目の前の義兄なる人が小市民たる私に向けて、ふわりと春の日溜《ひだ》まりのような笑顔を浮《う》かべる。

会心の一撃《いちげき》！　その笑顔で、私の生命力《ヒットポイント》は半分まで削《けず》られた。この人はスマイルひとつで何人の女性を殺してきたのであろう。凄腕《すごうで》のヒットマンに恐れをなした私は本能的反射で間合いを取った。

今すぐ踵《きびす》を返して自室にこもりたいけど、逃《に》げちゃダメだ。この人が私の義兄になる人である限り、私は立ち向かわねばならない。今日という日に備えて、何度も鏡の前で挨拶の練習をしてきた。その成果を見せる時がやってきたのだ。

「賀村《かむら》悠子です、よろしくお願い致《いた》します」

と勢い良く頭を下げたその時、私の意思に反してガシャンという情けない音が響《ひび》いた。

私は床《ゆか》の上の眼鏡を茫然と見つめる。まさか、長年の相棒《あいぼう》である眼鏡に裏切られるとは……っ！　誰もいない部屋でシミュレーションしてきた努力が水の泡《あわ》と化した瞬間《しゅんかん》だった。

私の第一印象はこれで決定なのか。真面目《まじめ》で礼儀《れいぎ》正しい妹は一瞬で消え去った。ここにいるのは、間抜《まぬ》けで残念な妹でしかなかった。

「悠子ちゃん、顔上げて」

フリーズしていた私は、神の声を聞いてバッと頭を上げた。

「うっかりさんなんだね。はい、眼鏡」

兄は眼鏡を手渡《てわた》さず、直接私の耳に掛けた。少しだけ、その長い骨ばった指の先が頰《ほお》に触《ふ》れ、私はビシッと石化した。その尋常《じんじょう》ならざる至近距離《しきんきょり》攻撃《こうげき》にダメージを受けつつ、迅速《じんそく》かつ理想的な答えを導き出す。

「あ、りがとうございます」

「どういたしまして。こちらこそよろしくね、悠子ちゃん」

その服、かっこいいですね。どこで買っているんですか。きっと私が聞いてもちんぷんかんぷんなブランドですよね。何も言わなくてもわかりますよ。お顔立ちも端正《たんせい》で、物腰《ものごし》柔《やわ》らかで、絶対周りの女性は放っておかないでしょう――この人は、疑《うたが》うまでもなくリア充《じゅう》だ!

私の全身に流れる腐《くさ》った血が告げている。こんな縁遠《えんどお》い人が義兄になるなんて……。これは神が与えたもうた試練なのか。私はがくん、と首を折るように頭を下げて絶望した。

「さぁ、そろそろお腹がすいたでしょう。悠子が腕《うで》によりをかけて作った夕飯を並べましょうね」

ぎゅんっ
HP
グサ
10ダメージ
20ダメージ
グサ
15ダメージ
グサッ
30ダメージ!

母の言葉に義父は頬を綻《ほころ》ばせた。母よ、何も私が作ったとわざわざ主張しなくてもいいではないか。私は机の上に並べられていく気合を入れすぎた料理の数々が恥《は》ずかしくて堪《たま》らなかった。

その後、母は何故《なぜ》か私の話ばかりを義兄に振り、義兄は私の料理を褒《ほ》めちぎった。きんぴらにカレイの煮《に》つけ、白子《しらこ》の吸い物に漬物《つけもの》まで、口にするもの全て、コメンテイターの如《ごと》く感想を語るのである。これには私もまいってしまった。

私がおだてれば木に登る猿《さる》とでも思っているのか。私にはどうしてもその言葉が本気とは思えなかった。その後も、私は義兄から贈られる称賛《しょうさん》の数々に辟易《へきえき》しながらアリガトウゴザイマスを繰《く》り返し、ひたすら時間が過ぎるのを待つのだった。

「何で教えてくれなかったのさっ」

玄関《げんかん》で義父と義兄を見送った後、私はくるりと母へ振り返った。泣きそうになるのを堪《こら》えながら母に詰《つ》め寄る。

「怖《お》じ気《け》づいたの？」

「怖じ気づいたよ！」

何だよ、あのハイスペックボーイは！　こちとら底辺のダサガールなのにニコって笑ってきたよ。宣戦布告か！　こっちは無条件降伏《こうふく》を宣言するよ。

「兄について、前もって教えてくれても良かったじゃない」

そしたら私も色々対策を練って、心の準備をして、図書館にでも逃げていたかもしれない。

「モデルさんみたいにかっこいい人だよって教えたら敵前逃亡《とうぼう》する気がして。違ったかしら」

流石《さすが》、母。正確に私の行動を読んでいる。

「母さんはちゃんとわかってる？　腐女子《ふじょし》の反対語はリア充なんだよ。相容《あいい》れない存在なの。ただでさえ男の人ってだけでハードルが高いのに。何であんなにも輝《かがや》かしいんだよぉ」

「泣き言を言わないの。今日は和泉くんに好《い》い印象を与えられて良かったわ。料理が得意なんて素敵なお嬢《じょう》さんだもの。和泉くんってちょっと女性が苦手みたいで、正輝さんと心配してたんだけど……それも杞憂《きゆう》で済んだみたいね」

女性が苦手？　会話の途中《とちゅう》で私の頭を撫《な》でようと伸ばしてきた手を見逃さなかったぞ。

母とも普通《ふつう》に会話していたし、容姿も相《あい》まって私には女たらしにしか見えなかった。

「嫌《いや》だ、怖《こわ》い、会いたくない」

「悠子は視野《しや》が極端《きょくたん》に狭《せま》すぎるのよ。スポーツ万能、成績優秀《ゆうしゅう》、容姿端麗《たんれい》の三拍子《びょうし》が揃《そろ》った理想的なお兄さんなのに、悠子は贅沢《ぜいたく》ねぇ」

いいえ、普通が一番です。

冴草悠子（旧姓《きゅうせい》：賀村悠子）は十三歳の春、不相応な義兄ができました。

顔合わせからひと月後、私達母子《おやこ》は前の家から歩いて三十分程の冴草父子《おやこ》が暮らす一軒《いっけん》家《や》へお引っ越《こ》しと相成った。段《だん》ボールに荷物を詰めていたら、押し入れの奥《おく》から漫画《まんが》と同《どう》人誌《じんし》が出てくるわ出てくるわ。減らさなければならないと整理し始めたのはいいものの……結局、荷物を詰める時間よりも本を選別する時間の方が長くなってしまった。

それでも何とか無事に引っ越しを済ませた私は本棚《ほんだな》の前に立って、綺麗に並べたベストセレクションをうっとりと眺《なが》める。壮観《そうかん》だ。嬉しいことに、新居では自分の部屋を貰《もら》えたので念願のスライド式の本棚も設置できた。

だがしかし！　それ以上に喜ばしいのは、美兄がこの家にいないという事実だった。

素晴らしいですね。主に私の精神面において。

中高一貫《いっかん》の男子校に通う兄は学生寮に入っていて、滅多に実家には帰ってこないらしい。

父からその話を聞いた時、思わず小さくガッツポーズをしてしまった。

何も私は兄個人に恨みがあるわけではないし、全リア充を忌《い》み嫌《きら》っているわけでもない。

ただただ怖い、その一言に尽《つ》きた。

小学生の時、クラスの中心的存在である男子に「オタクメガネ」と揶揄《からか》われ続けた日々を思い出して、心に影が差す。小学五年から卒業までクラス替えもなく、心ない言葉を投げ付けられるのを黙《だま》って耐《た》えるしかなかった二年間。

相手に悪気はなかったとしても、傷ついた。その頃から私の異性やリア充に対する苦手意識が一層《いっそう》増していったのである。

しかも、兄はただのリア充ではない。桁外《けたはず》れの美貌《びぼう》を持ち、洗練されたファッションに身を包むキングオブリア充だった。その兄にいつ何時《なんどき》腐女子だと知られるかわからない。いくら義理とはいえ、家族に冷たい目で蔑《さげす》まれるのは勘弁《かんべん》したかった。

私は想像にぶるりと体を震《ふる》わせて、改めて兄が家にいない現状に感謝するのだった。

「あの兄は同じ世界の人間ではない。ひとつ屋根の下じゃなくて、私は心から安堵《あんど》している」

最近できた兄について、同じく漫画アニメ研究部に所属する越田麻紀《こしたまき》ちゃんに愚痴《ぐち》を零《こぼ》していた。今日の麻紀ちゃんはこげ茶の髪を頭の後ろで編《あ》み込《こ》みにして纏《まと》めている。同学年だが可愛い上に明るい彼女はどこからどう見ても一般人だ。漫研に入部して初めて麻紀ちゃんに会った時も、隣の手芸部と部室を間違えて入ってきたんじゃないのかと声を掛けたのだが――

「それは、攻めなの？」

「ちょ、麻紀ちゃん。私の話聞いてる？」

「それとも受け？」

麻紀ちゃんは、私など足元にも及《およ》ばないほどの本格派な腐女子だったのである。二次元から三次元まで幅広《はばひろ》いジャンルを網羅《もうら》し、自らも同人活動をしている麻紀ちゃんはこの部室で誰よりも萌《も》え尽きるほどにヒートしている。彼女は、原作と妄想《もうそう》の境目がない腐りきった目の持ち主なのだ。

「なんてそそる設定のお兄様なの。白米だけで三杯《さんばい》はいける。かの緑林の学舎《まなびや》は存在したのね、全寮制は乙女《おとめ》の浪漫《ろまん》。美少年には美青年がよく似合う。禁断の花園ギムナジウム……そっと窓から覗きたい。どうすればいいと思う、かむちゃん」

何もしないのが、最善です。机に突《つ》っ伏《ぷ》して、手をパンパンしている麻紀ちゃんを私は生ぬるい目で見ていた。私は三次元では萌えない性質《たち》なのである。

「写真はないの？　勿論《もちろん》家族ならメールアドレスは交換《こうかん》したよね。連絡取って会わせてよ。直々に判断するから」

勿論って……兄とメール交換などしていないし、むしろ挨拶の時以来一度も会っていない。

「写真はない。メールアドレスも知らない。会わせるつもりもない」

何でダメなのと不満げな麻紀ちゃんに私はきっぱりと言いきった。

「私が会いたくないからです」

「……一応家族だよね、大丈夫？　お母さんもかむちゃんのコミュ障《しょう》っぷりを心配してるんじゃないの」

「してるけどね。触《さわ》らぬ兄に祟《たた》りなし。自分から面倒事《めんどうごと》に首を突っ込む気はない。その代わりと言ってはなんだけど、お父さんとは仲いいよ」

「父より先に兄を攻略《こうりゃく》しろよ！」

欲望《よくぼう》に忠実《ちゅうじつ》すぎるぞ、麻紀ちゃん。私にとって兄は現実であってゲームではない。同情してくれたっていいじゃないか。そう心の中で不満を零《こぼ》しつつも、それでこそ麻紀ちゃんだった。隠《かく》れ腐女子の私は、彼女の我が道を行く振《ふ》る舞《ま》いに日々痺《しび》れて憧れているのだ。

「ない、それはない」

「むしろ私には、義兄ルートしか存在しないんだけど」

麻紀ちゃんは知らないのだ。リア充が私とは違う言語を使いこなす雲《くも》の上の住人だということを。オタクというヒエラルキーの最下層にいる私とではまさに月とスッポン。月は見上げるくらいの遥《はる》か遠い距離が望ましいのだ。

「期待には沿《そ》えないよ」

「長期戦を覚悟《かくご》する」

私にはないそのアグレッシブな精神には最早脱帽《だつぼう》である。もし万が一、麻紀ちゃんを兄に紹介するような日が来たらどうしよう。暴走する麻紀ちゃんを止める自信がない。そんな日が来ないことを私は祈《いの》るばかりだ。

二 兄の不安

『和泉《いずみ》、今度の休みにうちに帰ってこい。会わせたい人がいる』

高校二年に進級する前の春休み、父が突然《とつぜん》電話を寄越《よこ》した。普段《ふだん》交流のない父からの電話を不審《ふしん》に思いつつも出てみれば、結婚《けっこん》すると話しだす。

またかというのが俺《おれ》の本音だった。親父《おやじ》の結婚はこれで四回目。よくも懲《こ》りずに結婚する気になると思う。

『オレの奥《おく》さんになる妃《きさき》さんには中学生の娘《むすめ》さんがいる。くれぐれも冷たい態度を取ったりするなよ』

親父は低い声で俺に釘《くぎ》を刺《さ》した。

「そんな義理はない」

親父は息子が女嫌《おんなぎら》いになった要因を知っているからこそ、俺の入寮《にゅうりょう》に了承したはずだ。まだボケるような年齢《ねんれい》じゃないだろう。歳《とし》が近ければ近い程、異性への苦手意識が強くなる俺に思春期真っ盛《さか》りの義妹《いもうと》ができるなんて冗談《じょうだん》じゃない。

一目惚《ひとめぼ》れでもされたらどうする。

これはナルシスト的なジョークではなく、経験に基《もと》づく現実的な心配だった。鏡に映った自分を目視《もくし》して、俺は溜息《ためいき》をついた。

ロシア人の祖母から遺伝《いでん》した亜麻色《あまいろ》の髪《かみ》に病人のような色白の肌《はだ》、母親譲《ゆず》りの無駄《むだ》に長い睫毛《まつげ》と二重《ふたえ》の瞳《ひとみ》、細長いひょろっとした肢体《したい》は父親の若い頃《ころ》にそっくりだと言われたことがある。

奇跡的《きせきてき》な程女性受けする容姿に生まれた俺は、幼児《ようじ》の頃から周囲で女の争いが絶えず辟易《へきえき》していた。いつでも女子が会話に割り込んできて、中学に入るまで同性の友人さえまともに作れなかった。

『義理ならあるさ。お前の妹になるんだからな。ちっちゃくて可愛い子だ』

「小さくて可愛い妹？　それは脳《のう》みそがって意味か」

『まさか、思慮《しりょぶか》深くていい子だったよ。母をよろしくお願いしますって丁寧《ていねい》に頭まで下げられた。妃さんに聞いた話だと娘の悠子《ゆうこ》ちゃんは毎朝自分でお弁当を作ってて、進んで家事をしてくれる真面目で几帳面《きちょうめん》なコだって』

嘘《うそ》だろう、今時そんな中学生がいるのか？　女を苦手としている俺に悪い印象を与えないよう、親父が嘘《うそ》をついているのではないか。疑《うたが》いが拭《ぬぐ》いきれず、問い質《ただ》した。

『本当本当。妃さんはそういうことで嘘をつく人じゃない。次は四人で会う約束をしたんだ。お前も一度うちに帰ってくるように』

「……行きたくない」

『お前がそのつもりならオレは別に構わないけど？　来ないならこの電話を切った後、すぐに学校に掛けて退寮手続きをしてやろう。和泉の隣《となり》の部屋は悠子ちゃんの部屋にする予定だから、覚悟《かくご》しておくんだな』

　女と関わりたくないがために、わざわざ辺鄙《へんぴ》な場所にある男子校を探して寮にも入った。もし退寮させられたら、実家で四六時中義妹にまとわりつかれる。それは地獄《じごく》のような日々だろう。何としても、それだけは阻止《そし》しなければならない。

「──わかった、一度だけなら行く」

　不承不承《ふしょうぶしょう》返事をしてから、親父の遠い耳にも届くよう大きな溜息をついた。

『そう言ってくれると思ったよ。賢《かしこ》い息子を持って良かった良かった』

　親父は笑いながら電話を切った。苛立《いらだ》ちのあまり、スマホを叩《たた》きつけたくなる。湧《わ》き上がる怒《いか》りを抑《おさ》えて、スマホを机に置くと、会話を聞いていた同室の佐藤貴士《さとうたかし》が、ポンと俺の肩《かた》を叩いた。

「まあ、元気出せよ」

「出せるかっ。最悪だよ、あのクソ親父」

「俺も和泉が女嫌いなのは知ってるけどさ。まだ、強制退寮じゃないだけマシだと思っておけ」

入寮してから四年間同室の貴士には、俺が女嫌いになった原因を話してある。話は幼稚《ようち》園《えん》時代まで遡《さかのぼ》り、小学校卒業まで続いた。幼稚園時代は、園児同士で俺を取り合うだけに止《とど》まらず、先生や同級生の保護者まで参加してキャットファイト。小学生になっても、父と離婚《りこん》した継母《ままはは》に誘拐《ゆうかい》され、入院すれば看護師《かんごし》に襲《おそ》われ、児童相談所のお世話になり、防犯ブザーが手放せない日常。疲《つか》れきった俺は女がいない安息の地を求めて、この男子校に入学したのだ。

「女がいないというだけでここは天国なんだ。それを取り上げられるとなったら、断れるわけないだろ。しかも妹になる子は女子中学生、色恋《いろこい》大好きなお年頃《としごろ》だぞ。油断できない」

「……油断って。年下の女の子に何ができるって言うんだよ」

「何でもできる。俺の布団にだって忍《しの》び込めるし、嘘泣きもできれば、部屋の鍵《かぎ》だって壊《こわ》せる」

壊せないだろうと呆《あき》れた表情の貴士に俺は首を振《ふ》った。年上の従姉《いとこ》は俺が閉じこもった部屋の鍵を、わざわざ専門業者を呼んで破壊《はかい》させた。それが小学生の時のことだ。

「え、マジで」

俺は無言で頷《うなず》いた。女にトラウマだらけの自分に妹ができるなんて、悪夢としか言いようがなかった。父は妹がイイ子だと言うが、そんなのいくらでも装《よそお》える。その手の女は飽《あ》きる程見てきたし、辛酸《しんさん》を舐《な》めさせられてきた。

会うからには父の話が本当なのか、この目で見極める必要がある。父には冷たくするなと厳命されたが、相手の出方によってはそうせざるを得ないだろう。それで俺を嫌いになってくれれば一石二鳥だ。

「お前、あくどい顔してるぞ」

「ん？　何が」

俺が素知らぬふりして笑うと「これに女は騙《だま》されるんだよなぁ」と貴士は肩を落としていた。


陰鬱《いんうつ》とした気持ちを抱《かか》えたまま、顔合わせの日を迎《むか》えた。スーツを着た親父が、アパートの一室の前に立ってゴホンと咳払《せきばら》いをする。柄《がら》にもなく緊張《きんちょう》しているようだ。

「悠子ちゃんをいじめるなよ。怖《こわ》がらせたりしたら承知しないぞ」

真剣《しんけん》な表情で、親父は俺の両肩に手を置いた。その手がぐっと肩に食い込み、痛《いた》みに眉《まゆ》を顰《ひそ》める。

「不愛想な顔もするな。悠子ちゃんはそういう態度に敏感《びんかん》な子だから。笑え、この家の中にいる間だけでいい」

悠子ちゃん、悠子ちゃんって。いつから悠子ちゃん信者になったんだ。実の息子である俺に気遣《きづか》いのひとつも見せない親父に、俺はハイハイと頷いた。

扉《とびら》を開けると、その先にいたのは親父の結婚相手だろうショートカットの凛《りん》とした女性と真面目を絵に描《か》いたような女の子だった。

黒髪を一本に縛《しば》り眼鏡を掛《か》けていて、一文字《いちもんじ》に結んだ唇《くちびる》からは緊張が窺《うかが》えた。黒のセーラー服の胸元《むなもと》には臙脂色《えんじいろ》のスカーフ、スカートは今時にしては長めの膝丈《ひざたけ》だ。中学生らしく化粧《けしょう》ひとつせず、甘《あま》ったるい香水《こうすい》の匂《にお》いもしない。身長は小学生と言われても違和感《いわかん》がないくらい低かった。親父が可愛いと言っていたのは、この身長のことのようだ。

今、義妹を無下に扱《あつか》えば親父に強制的に退寮の手続きをされかねない。とりあえず笑っておけばどうにでもなる。自分の容姿が異性の目にどのように映《うつ》っているかなんて、うんざりする程熟知《じゅくち》していた。

俺が義妹に向かってニコリと意図的な笑みを浮《う》かべる——と、義妹の顔色は段々《だんだん》と青褪《あおざ》めていった。その予想外の反応に奇妙《きみょう》な感覚を覚える。赤くならずに青くなる？

そんな俺の疑問符を他所《よそ》に、義妹は揺《ゆ》れる瞳を長い前髪の下に隠《かく》して一歩後ずさった。

……何故《なぜ》だ。初対面で抱《だ》き付いてきたり、うっとり見つめてきたりするような女は数えきれない程いたけれど、まるで化け物と遭遇《そうぐう》したかのように離《はな》れていく女の子は初めてだった。

「賀村《かむら》悠子です。よろしくお願い致《いた》します」

義妹が直角に頭を下げた時、勢い余って眼鏡が床《ゆか》に落下した。それがショックだったのか、頭を下げたまま固まっている。

俺は珍《めずら》しく対応に困った。親父の顔を見ると、自分で何とかしろと言わんばかりに笑顔のまま見守っている。頭を下げ続ける義妹のつむじを茫然《ぼうぜん》と眺《なが》めた後、いつまでも放置することもできず、俺は落ちた眼鏡を拾《ひろ》った。

「うっかりさんなんだね。はい、眼鏡」

俺の顔を見上げると、義妹は眼鏡の内側にある黒々とした瞳をまん丸く見開いた。まるで、猫《ねこ》みたいだ。異性というよりは小動物のような彼女に、思ったより嫌悪感《けんおかん》が湧いてこない。

腰《こし》を屈《かが》めて、拾った眼鏡を直接義妹の耳に掛けてやる。その時、不意に彼女の頬《ほお》に触《ふ》れてしまい内心焦《あせ》りを覚えた。

俺は医者に女性恐怖症《きょうふしょう》と診断《しんだん》され、異性に触れると蕁麻疹《じんましん》が出てきたり、ひどい時は呼吸困難に陥《おちい》ったりして意識を失くす。しばらく異性と関わっていなかったせいで気を抜いていた。

ここでうずくまったりしたら、真面目そうな義妹は責任を感じて自分を責めてしまいそうだ。俺は動揺《どうよう》を隠してすぐさま平静を装った。

小さな声で、彼女はたどたどしく礼を言った。作り笑顔ひとつ作れないぎこちない表情が俺には好ましく映った。自分を飾《かざ》り立てるような武装《ぶそう》をせず、素のままの表情を見せている。

「どういたしまして。こちらこそよろしくね、悠子ちゃん」

隣にいる父が驚愕《きようがく》の表情で見ているのがわかった。俺がここまで義妹に優《やさ》しく接するとは思いもしなかったのだろう。

悠子ちゃんは人間を恐《おそ》れる子猫のようにびくびくしていた。親父の忠告《ちゆうこく》通り、彼女は負の感情に敏感な臆病《おくびよう》な子なのだ。俺に無害な小動物を虐待《ぎやくたい》する趣味《しゆみ》はない。突《つつ》けば簡《かん》単《たん》に泣いてしまいそうで、いじめる気にもなれなかった。

テーブルを挟《はさ》んで並べられた四枚の座布団《ざぶとん》。俺の隣には父が座り、悠子ちゃんの隣には義母《はは》となる妃さんが座った。俺の前には俯《うつむ》き顔《がお》の悠子ちゃんの姿がある。彼女の緊張はいまだ解けず、正座《せいざ》した膝の上でぎゅっと拳《こぶし》を握《にぎ》りこんでいた。

食事が始まると、妃さんはやけに娘の話を振ってきた。自分の話をするよりも、悠子ちゃんの話をする方が気が楽だった俺はその話に便乗した。

「この糠漬《ぬかづ》けはね、悠子が二週間前から漬けてたの。きんぴらも食べて、悠子の得意料理なのよ、和泉君」

「へぇ、美味《おい》しいね、悠子ちゃんは料理が好きなんだ」

「アリガトウゴザイマス」

「悠子ちゃんの髪は真っ黒で綺麗だね。俺の髪は色素が薄《うす》いから羨《うらや》ましいな」

「アリガトウゴザイマス」

まるで定型文のように、アリガトウゴザイマスを繰《く》り返す悠子ちゃんに、俺は笑い出しそうになるのを必死に堪《こら》えた。きっと褒《ほ》められ慣れていないのだ。表情を取り繕《つくろ》えない、そのまっさらな反応が心地よい。気分が良くなって悠子ちゃんの頭を撫《な》でようとすると、横にいる親父がその手を止めた。

「こらこら、和泉。悠子ちゃんもゴメンね。こいつはこうじゃないんだけど。ちょっと失礼」

親父は俺の腕《うで》を引っ張り、廊下《ろうか》に連れ出した。いきなり何だ。俺は親父の手を振り払い睨《にら》んだ。

「おい、和泉。お前変だぞ。やけに悠子ちゃんに好意的じゃないか」

確かに悠子ちゃんに会うまでは親父を入信させた少女がどんな子なのか警戒《けいかい》していたのに、ミイラ取りがミイラになってしまった。頭では異常事態を理解している。でも体が勝手に動いていた。

「悠子ちゃん、人と目を合わせるのが苦手みたいだ。人見知りするタイプだね。今日の制服だって、私服のコーディネートを悩《なや》み抜いた末に辿《たど》り着いたんじゃないかな。何せ二週間も前から食事の下準備をしてくれるようなコだから。言葉は少ないけど、とても素直だ」

彼女は思ったことが顔に出る典型的なタイプだった。外面《そとづら》のいい父と俺には、その裏表のない表情が長所として映った。狐《きつね》と狸《たぬき》の化かし合いをしないで済《す》むからだ。今日少し関わっただけでもわかる。口下手で一生懸命《けんめい》な少女を、俺はどうにも憎《にく》めなかった。

「悠子ちゃんって普通《ふつう》の女の子かな……？」

自分の掌《てのひら》をジッと見つめる。先程、悠子ちゃんに一瞬《いっしゅん》触れた時に覚悟した蕁麻疹は依《い》然《ぜん》として現れない。

様々な疑問が胸の内で蠢《うごめ》き騒《さわ》いでいた。悠子ちゃんは親父とは顔を合わせながら会話を成立させていた。何故俺のことは怖がるのか。人見知りの一言で済ませられるような怯《おび》え方ではなかった。触れても蕁麻疹が出てこなかったのも判然としない。もっとしっかり触れていたら違っていたのだろうか。不可解だからこそ興味が湧いた。

「オレも会うまでは今時そんな子がいるのかと半信半疑だったけど、実際会ってみてもあんな感じだろ。まぁ、オレの時ははにかみながら笑ってくれたから、悠子ちゃん超《ちょう》可愛かったけど」

「何、その違い」

「あっもしかして、お前に何を言われても気にするなって予告しておいたから萎縮《いしゅく》しちゃったのかも？」

余計なお世話だ。じろっと睨むと親父は眉尻《まゆじり》を下げた。

「お前の女性恐怖症は根が深いからな、言っておかずにはいられなかったんだよ。それにこれからいくらでも関わって仲良くなっていけるだろう。お前は悠子ちゃんの兄になったんだから」

こんな妹なら、たまには家に帰ってきてもいいかもしれない。これから何かが変わっていく予感がした。

廊下から部屋に戻ると、悠子ちゃんが顔を引き攣《つ》らせた。そんな反応さえ楽しく思えてしまう。この感情の発露《はつろ》がどこから来るものか、不思議に思いながら俺は微笑《びしょう》を零《こぼ》した。

三 妹の動揺

夏休みが折り返し地点に入った。連日、外の気温は三十五度を超《こ》えて高温注意報が出ている。誰《だれ》がこんな暑い中、好んで外に出掛《でか》けるのかと思うかもしれない。

されども、目的があれば引きこもりの腐女子《ふじょし》だってこんな日でも外に出るのである。

ひりひり肌《はだ》が痛《いた》む私は、ソファの上で転がっていた。ちゃんと日焼け止めを塗《ぬ》って、家を出たのになぁ。原因は面倒《めんどう》くさがって塗り直しをしなかったせいだ。真っ赤になった肌にタオルで包んだアイスノンを当てながら、私は戦利品を読んでいる。

基本インドア派の私が長時間、外にいなければならなかった理由はただひとつ。

夏コミに行ってきたからである。

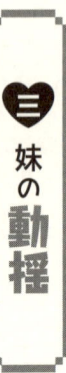

始発電車に乗り、会場前で三時間半待ち。熱中症《ねっちゅうしょう》になるかと思った……！　凍らせたペットボトルを持って行かなければ、あの場で倒れていたかもしれない。けれど、あの灼熱地獄《しゃくねつじごく》に耐《た》えた甲斐《かい》はあった。私がハマっている野球漫画《まんが》『フライングバッター』略してフラバタの新刊がわんさか手に入った。豊作すぎて笑いが止まらない。

小学生の時に仲違《なかたが》いをした幼馴染《おさななじ》みと高校の練習試合で再会し、ぶつかりあいながらも野球を通してもう一度昔の友情を取り戻《もど》していく――というハートフルなストーリーに全国の腐女子が揺《ゆ》さぶられないはずがないのだ。私は読み切りの時からコレは来る！　と確信していた。

現在両親は新婚《しんこん》旅行中で留守にしており、私は好きなだけ萌《も》え転《ころ》がっていられる。自堕《じだ》落《らく》ではない、人生のご褒美《ほうび》である。

トゥルルルルと家の電話が鳴り、私は重い腰《こし》を上げた。今いいところなのに一体誰だ。私はわざと少し不機嫌《ふきげん》な声で電話に出た。

これが、快適な暮《く》らしの終わりを告げるベルの音とは思いもせずに。

「はい、か……冴草《さえぐさ》です」

「悠子《ゆうこ》ちゃん？　和泉《いずみ》です」

おっふ、電話の相手の名前を聞いて私は後悔《こうかい》した。――何で、貴方《あなた》様がわざわざ我《わ》が家《や》にお電話を？　間違《まちが》えました、って電話を切ってくれないものか。私は、埒《らち》もないことを考えながら現実逃避《とうひ》した。

「もしもし？　悠子ちゃん聞いてる？」

「え、あっはい、聞こえております」

「明日、家に帰るからよろしくね」

今、兄は聞き捨《ず》てならない言葉を口にした。

「い、いいいいいえ、ってウチのことですよね？」

「ふふっ、他のどこに実家があるって言うの」

どうやら嘘《うそ》でも、冗談《じょうだん》でも、幻聴《げんちょう》でもないようだ。どれでもいいから当てはまって欲《ほ》しかった。

防波堤《ぼうはてい》になってくれる両親が帰って来るのは夏休みの最終日。私一人で兄の相手をするのは荷が重い。

「それは三週間後とかになりませんかね……」

「それだと夏休み終わっちゃうよね」

即座《そくざ》に切り返され、内心そうですよねーと頷《うなず》いてしまった。夏休みもずっと寮《りょう》にいるものと勝手に思い込んでいた。何とか延期してもらえないものか、頭を悩《なや》ませていると兄はいつの間にやら帰ることに決めていた。そうですか、私の無言を肯定《こうてい》と取りましたか。

「そうだ、悠子ちゃんは、好きなお菓子《かし》とかある？　お土産《みやげ》に買っていくよ」

「抹茶《まっちゃ》のロールケーキが好きです」

質問に答えた後、失敗したと電話を持っていない方の手で口を塞《ふさ》いだ。これでは帰ってくるのを催促《さいそく》しているようではないか。

「了解《りょうかい》。じゃあお昼頃には着くと思うから、ご飯お願いしてもいいかな」

その頼み方はまったくもってズルい。良心が断っちゃダメだぞ☆　と訴《うった》えていた。

「……わかりました、準備しておきます」

　こうなったらもう割り切るしかない。何を作ろうか、顎《あご》に手を当てて考える。せっかく作っても嫌《きら》いなものだったらどうしよう。

「うん、俺《おれ》好き嫌いないから安心して」

　さっきから私の思考を先読みされている⁉　まさか、私の様子をどこかから観察しているのかも、と天井《てんじょう》を見回したが何も設置されていない。そうだよね、いくら何でもリア充《じゅう》代表の兄がそんな非常識な真似《まね》はしないはずだ。

「じゃあ明日、悠子ちゃんに会えるのを楽しみにしてるね」

　最後のねっとりと溶《と》かし込《こ》まれた甘《あま》い言葉に、バッと耳から受話器を離《はな》した。いつもとは違う体中に響《ひび》き渡《わた》るような深くて優《やさ》しい声——コレは、何ていう囁《ささや》きCD？

　じわじわと羞恥《しゅうち》が襲《おそ》ってくる。完敗だよ……、私はフローリングに両手をついてがっくりと項垂《うなだ》れた。

　あんな、デートを楽しみにしている恋人《こいびと》みたいな台詞《せりふ》を囁くように言わなくてもいいじゃないか。見ただけで私が男性に免疫《めんえき》のない女子だとわかるだろうに、勘弁《かんべん》して欲しい。

　私のステータスは限りなく低いのだ。それこそ勇者に立ち向かうことすらできないような村人A。その私が明日から勇者の兄と我が家で一対一《ワンオンワン》？　無謀すぎる。

　放置していた電話の存在を思い出して、私は恐《おそ》る恐《おそ》る受話器を耳元に当てた。聞こえてきたのはツーツーという無機質な音だけだった。

電話を取る前に読んでいた同人誌《どうじんし》を拾《ひろ》い、ぐるりと家の中を見渡して現状を確認する。

死んでも、兄には見せられない。ソファの周りには同人誌と漫画が散乱《さんらん》し、テレビ台の下にはお年玉を叩《はた》いて買ったDVDコレクションがずらりと並んでいる。テーブルの上にはキャラ絵のコップが存在感も露《あら》わにドンと鎮座《ちんざ》し、部屋干ししている洗濯物《せんたく》の中にはフラバタのオンリーイベントで貰《もら》ったカップリング表記のタオルが揺れていて……私の首筋《くびすじ》をタラリと冷や汗が流れ落ちていった。

ディーフェンス、ディーフェンス、脳内《のうない》で警戒音《けいかい》が鳴り響いた。

動揺している暇《ひま》はない！　一刻も早く、リビングを片づけなければならなかった。私は慌《あわ》てて立ち上がり、本やオタクグッズを袋《ふくろ》に詰《つ》め込み私室の中に持ち込んだ。

——ようこそ腐海《ふかい》へ。

リビング以上の危険地帯がそこには存在していた。大好きなサークルさんが作成した美麗《びれい》タペストリーがベッドの前に飾《かざ》られ、パソコンの横には公式のマウスパッドやお菓子についてきたフラバタのフィギュアが二人仲良く寄り添《そ》っている。一番見られてはならないのは、本棚《ほんだな》とベッドの下だ。スライド式の本棚の奥《おく》にはBL商業誌と同人誌が所狭《ところせま》しと並び、そこにも入りきらなかった同人誌がベッドの下の収納スペースに敷《し》き詰《つ》められている。

ディーフェンス！
ディーフェンス！
フライングバッター
HOZUMI×TAKATO
TA KA TO
TA

これが兄に見つかったら——そう考えるだけで、ふらりと気を失いそうになった。

部屋に鍵《かぎ》がついているからといって油断はできない。内鍵はついているけれど、外から閉める鍵は存在しない。つまり、私がいない時は部屋の中に誰でも入れるのである。母は私が腐女子だと知っているし、父は寛容《かんよう》な人だからあまり気にしていない。

だが、あの美兄にだけは、どうしても知られたくなかった。兄は違う次元に住む人だ。《腐女子》という単語も知らなければ、《BL》も《八〇一《やおい》》も、ましてや《受け》が何を意味するかなんて見当もつかないだろう。

優しげな笑顔を向けてくれた兄に絶対零度《れいど》の目で見下されたらと、考えただけで泣ける。私はせっせと、ＢＬ《ベーコンレタス》の腐臭《ふしゅう》が漂《ただよ》う部屋を一晩《ひとばん》掛けて片づけたのであった。

憂鬱《ゆううつ》に包まれた朝を迎《むか》えた。間もなく上陸する兄という名のハリケーンに備えて、私は自分に三つのルールを課した。

一、**家事を完璧《かんぺき》にこなす。**

コミュニケーション能力が欠如《けつじょ》している私はそう長く会話を続けられない。ならば家事に集中すれば気まずい時間を潰《つぶ》せるし、家庭的な印象も与えられる。

二、**私の部屋への侵入阻止《しんにゅうそし》。**

これは言うまでもなく、部屋の中を見られたら最後。軽蔑《けいべつ》の眼差《まなざ》しをプレゼントされるのは火を見るより明らかだ。

三、**兄の前での漫画・アニメは禁止。**

危険なのは部屋の中だけに留《とど》まらない。テレビはリビングにしかないため、そこでぐふぐふと萌え転がる姿を兄に目撃《もくげき》されるおそれがあるからだ。同じく危険物である漫画の類《たぐい》も部屋の外に持ち出さないようにする。

この三ヶ条で腐女子という本性を隠《かく》し、一般人としてイメージづける。完璧だ。

兄がいるのは長くても夏休みが終わるまでの二週間。一生の中で考えれば二週間なんてあっという間。そう思い込むことで乗りきる作戦だったが、私は見くびっていた。——予想を上回る己《おのれ》の迂闊《うかつ》さとコミュ力の低さに。

兄が到着《とうちゃく》したのは予告通り、翌日の平和な昼下がり。それは嵐《あらし》の前の静けさだった。用意した昼食は家庭菜園で採れたシソを上に散らしたトマトとじゃこの冷やしパスタだ。初日から気合を入れすぎると自分の首を絞《し》めることになる。

「はい、悠子ちゃんにお土産」

渡されたケーキの箱を見て、手が震《ふる》えた。

こ、これは開店から三十分で売り切れるという大山《おおやま》の抹茶ロールケーキ……！

なんという先制攻撃《こうげき》だ。私は甘《あま》い誘惑《ゆうわく》を手にして、ごくりと唾《つば》を飲み込んだ。この幻《まぼろし》のロールケーキを買うには、開店の四時間前には並ばなければならないと、以前、テレビでレポーターのお姉さんが紹介《しょうかい》していたのを思い出す。

この炎天下《えんてんか》、長時間並んでくれたのか。しかもその苦労をおくびにも出さないとはこの御仁《ごじん》やりおる。私は兄に礼を言って、うきうきと冷蔵庫《れいぞうこ》に向かった。

兄は早速、両親の不在に気付いて私に理由を尋《たず》ねてきた。

「新婚旅行中です」

「えっ、俺聞いてなかったよ。悠子ちゃん一人家に残して行ったの？」

これはもしかしなくても心配されている……？

一人でお留守番は母子家庭だったから慣れているんですよ。心配はご無用《むよう》だと一言申したいが兄は神妙《しんみよう》な顔つきをしていて、そんなことが言い出せる空気ではない。

「じゃあ二人が帰ってくるまでここにいよう。俺も家事手伝うから何でも言ってね」

え、別にすぐ寮に戻ってくれて構わないんですけど。

私のレッツエンジョイライフは兄の一言で見事に砕《くだ》け散《ち》ってしまったのである。


翌朝、私はダイニングテーブルでうんうんと頭を悩ませていた。兄をどうやって追い出すか……ではなく食事の献立《こんだて》だ。家計簿《かけいぼ》の隣《となり》にチラシを並べて、計算機を叩《たた》く。自分一人なら適当でもいいけれど、兄がいる以上そうはいかない。

私は昨夜の食事の様子を思い出す。ご飯を三杯《さんばい》食べるのは、男子高校生としては普通なのだろうか。これは一円でも食費を安くあげたい私にとって、切実な問題だった。

「おはよう、悠子ちゃん」

背後《はいご》から肩に大きな手を乗せられ、びっくぅぅと背筋が粟立《あわだ》った。兄は動揺《どうよう》する私の前に何食わぬ顔で座《すわ》ると、私の手元にあるノートを覗《のぞ》き込んで驚《おどろ》きの声を上げる。

「すごい、かなり細かく書いてあるんだね」

そうでしょう、この家計簿は私の長年の努力の賜物《たまもの》。商品の底値《そこね》から特売日の傾向《けいこう》まで記録したスーパー主婦《しゅふ》も真っ青の――ドケチノートである。

「俺は、こういうの気にして買い物しないから尊敬《そんけい》する」

セレブだ。まさかティッシュじゃなくても実在するとは。金額を気にせずに買い物できることの方が私には驚きだ。

「そっ、尊敬ですか」

「嘘じゃないよ。その歳《とし》でちゃんと貯金までしてるんだ。悠子ちゃんは偉《えら》いなぁ」

本気で節約してるからこそ、貴方の賛辞《さんじ》が心苦しいんですよ……。私の節約は個人的な事情によるものであって、兄の尊敬に値するようなものではない。

腐女子とは総じてお金が掛かる。同人誌にグッズ、パンフレット、電車賃《ちん》と送料も馬鹿《ばか》にならない。私はしがない中学生で、働けない身の上だ。お小遣《こづか》いを貰ってもそれだけでは足らず、私は母の了解を得て毎月預かっている生活費で浮《う》いた分のお金を軍資金に充《あ》てているのだ。

「俺にも協力できることがあったら言ってね」

ピカーッと清らかな笑みが後光と共に炸裂《さくれつ》し、疚《やま》しさの塊《かたまり》である私は降り注ぐ善意に昇天させられそうになった。恐ろしや、これがリア充の威力《いりょく》か。私は身震いをして、ドケチノートをぱたんと閉じた。

あれから数日、私は兄に一挙一動を監視《かんし》されている。

今にして思えば、家計簿を覗かれたアレは敵情視察の始まりだったのだ。掃除《そうじ》中や洗濯中も見張られているようで、やりづらいことこの上ない。私は自分ほど人畜《じんちく》無害な人間はいないと自負しているが、兄にとっては違うのかもしれない。

兄が出掛けてくれれば、リビングのテレビで録《と》り溜《た》めたアニメを見れるのに!! まったく出ていく気配がない。何だ、リア充にあるまじきこの自宅警備員《じたくけいびいん》ぶりは。それらしく夏のアバンチュールを楽しんでこいよ。私はぷちぷち庭の雑草を抜きながら、心の中で涙《なみだ》した。

草むしりをしていた私はよっこいしょと立ち上がり、首に掛けたタオルで額《ひたい》の汗を拭《ぬぐ》った。引っ越してきてすぐに植えた野菜の種は芽を出し、にょきにょき成長している。経過は順調。無論、この家庭菜園も節約の一環《いっかん》である。雑草でいっぱいになった袋を玄関《げんかん》先に置き、庭から採ってきた薬味を片手に家の中に戻る。次は昼ご飯の支度だ。

以前の古いアパートに比べてこの家のキッチンは格段《かくだん》に使いやすい。調理台は広く、蛇口《じゃぐち》を捻《ひね》らなくても手を翳《かざ》すだけで水が出てくる。日当たりが良いため、食材も美味《おい》しそうに見えた。私は色鮮《いろあざ》やかなバジルの葉をクンと嗅《か》いで、何を作ろうかと記憶《きおく》しているメニューを手繰《たぐ》り寄せる。

こうしていると、子供《こども》達が夏休みになると休めなくなる専業主婦の気持ちがよくわかる。今なら井戸端会議《いどばたかいぎ》にも参加できるだろう。育ち盛《ざか》りだからね、適当なものは出せないし。今晩のおかずは何にしようかしら。ウチの人、何でも美味しいって褒《ほ》めてくれるから困っちゃうのよね。って惚気《のろけ》かっ。

実際、何を作っても兄は褒めてくれる。料理に限らず、アイロン掛けに片づけ、トイレ掃除に至るまでとにかく何でも褒めるのだ。

「今日のお昼ご飯は何？」

対面式キッチンの正面から兄が物珍《ものめずら》しげに覗いてくる。キッチンを隔《へだ》てているとはいえ、私は思わず身構えてしまう。

「……鶏肉《とりにく》とパプリカのバジル炒《いた》めです」

「それは楽しみだ」

ペロリと舌を出し物欲しそうな顔をしてから私を見るのはやめましょうよ。ドドドドと心臓《しんぞう》が早鐘《はやがね》を打っている。私は料理を投げ出して肉食獣《じゅう》から距離《きょり》を取りたくなった。

「火傷《やけど》しないように気を付けてね」

私の頰《ほお》をするりと撫《な》でて兄はリビングに戻っていく。私は体の震えを抑《おさ》えるように包丁を強く握《にぎ》った。

これが家族として正しい距離なのだろうか。この数日間、荒《あ》れた手にハンドクリームを塗ってきたり、パジャマの第一ボタンを留めてきたり、呼び止める時に肩に手を添えてきたり、ボディタッチが多い気がする。

私はその度に、相手は日本の常識が通じない外国人だと思うようにしている。容姿も日本人離れしているし、イタリア人の血でも引いているんじゃないだろうか。そう自己暗示を掛けないと自意識過剰《かじょう》で爆発《ばくはつ》してしまいそうになるのだ。

兄と昼食を終えた私は、リビングの省エネエアコンの下にあるソファで涼むことにした。目の前のテレビには甲子園が映《うつ》し出されている。兄の前ではアニメ禁止だからね。騒《さわ》がしいバラエティー番組が苦手な私は甲子園かニュースくらいしか見ていない。

去年までは甲子園なんて夏の風物詩くらいにしか思ってなかったけど、今年は高校球児を見ていると心が滾《たぎ》る。

四番のバッターがデッドボールでベンチに下がったところは泣けた。私の好きな漫画、フラバタの初期と重なる展開だったのだ。追い打ちを掛けるようにホームランを打たれ、目を背《そむ》けたい場面もあった。それでも私は試合終了までチャンネルを変えず、高校球児達の奮闘《ふんとう》を見届けた。何があっても最後まで諦《あきら》めない、それが青春だ!!

「悠子ちゃん、野球好きなんだ。随分《ずいぶん》見入ってたね。目に涙が溜まってるよ」

ストンと兄がナチュラルに私の隣に座った。肩と肩が触れ合いそうな距離だ。妹にもパーソナルスペースは存在するんだぞ。私は眉間《みけん》に皺《しわ》を寄せた。更に兄が私の涙を取り除こうとする気配を察し、ぐきっと首を仰《の》け反《ぞ》らせて接触《せっしょく》を回避《かいひ》した。

「そ、そうですか？　いい試合だったんでつい」

「あの点差じゃプロ野球ならコールドゲームだよ。五回裏の死球はビーンボールじゃないかな、審判《しんぱん》も判定が甘いよね」

……部分的には理解できた。しかし、野球にちょっと興味が出てきた程度の私に本気で野球を語られても困る。フラバタの前はバスケ漫画が好きだったけど、ルールに関しては野球より理解してなかったし。とりあえず、ここは相手を褒めてその場を凌《しの》ごう。

「野球、詳《くわ》しいんですね」

「俺のルームメイトが野球部でね。毎日テレビの前で解説者の如《ごと》く語るから覚えちゃったよ」

ルームメイト!?　まさか物語にしか出てこないような存在が実在するとは。兄で萌えるつもりはないのにその単語だけで、私の胸《むね》はときめきに震えた。誰かルームメイトをお題に私の好きなカップリングで小説を書いてはくれまいか。

「悠子ちゃんはどこの球団を応援《おうえん》してるの？」

「いえ、特にはないです」

本当につまらない答えで申し訳ない。私は青少年達が醸《かも》し出すフラバタのような雰囲気《ふんいき》が好きなだけであって、野球自体を愛しているわけではない。だけどこんなことは、もちろん兄に話す気などない。

何故《なぜ》、高校球児限定なのかと追及《ついきゅう》されたら、芋《いも》づる式に私の萌えを披露《ひろう》することになってしまうからだ。仲の悪い二人が野球を通じて距離を縮めていくところとか、幼い頃《ころ》の仲違いの原因が詳しく語られてなかったり、二人の仲を取り持とうと奔走《ほんそう》する幼馴染み君の妹が腐女子の味方にしか見えなかったり、グラウンドでくんずほぐれつする回はご褒美でした……と最終的には野球と関係なくなっていく。

リア充を謳歌《おうか》している兄は、私と真逆の位置に君臨《くんりん》する人だ。その兄に腐女子の存在を説くのは、極めて難《むずか》しい。私達は味わい深く発酵《はっこう》しているつもりでも、一般人からすれば賞味期限切れ。むしろ腐《くさ》ってるからこそ美味《うま》いんだぞ！　差別反対。

血走った眼で一般人に自分の好きなカップリングについてネバネバ腐臭を放ちながら食え食えと迫《せま》ったところで同意を得られるはずもない。少数民族である腐女子の方が圧倒的に不利であるのは明白だった。

『オタク？　男同士？　キモチワルイ!!』

リア充の攻撃呪文《じゅもん》が腐女子の繊細《せんさい》な心にどんなに深く突き刺《さ》さることか。いとも容易《たやす》く腐女子のアイデンティティを傷《きず》つける危険人物、それがリア充なのである。

「あ、することを思い出したので部屋に戻りますね」

私はそれ以上の会話を拒《こば》むようにそそくさと兄から逃げ出した。


部屋に戻って、私はベッドの上にごろんと寝そべった。ふぅっと小さく溜息《ためいき》をつく。

連日、兄が私に歩み寄ろうとしてくれているのはひしひしと伝わってきている。こんな根暗な妹、放っておいてもいいものだが兄は聖人君子《せいじんくんし》なのかやけに好意的だ。——昨日も、

「悠子ちゃん、寝癖《ねぐせ》がついてるよ」

それは朝食の席でのことだった。私の寝癖はいつものことだが、偶々《たまたま》、髪《かみ》を結ぶのを忘れていたところを目敏《めざと》い兄に指摘《してき》されてしまった。

「悠子ちゃんは、コテとか持ってないの？」

籠手《こて》？　そんな防具持ってませんけど。私の頭の上のクエスチョンマークを察して、兄は説明を付け加えてくれた。

「ほら、髪を巻く時に使う道具なんだけど……。もしなければワックスでいじったり、寝る前にカーラーで巻いたりすれば寝癖も直るよ」

ワックスは廊下《ろうか》に塗るもので、カラーは表紙だ。何となく、兄が未知の現代用語を使いこなしているのはわかった。しかも、知っているのが当たり前のように話すので、それが何なのか恥《は》ずかしくて聞くに聞けない。

「えっと、持ってないです」

そう答えるのがやっとだった。私は男性でも知っている女子の常識を知らないのだ。羞恥で顔が赤くなっていく。部屋の隅《すみ》で背中を丸めて縮こまりたい。

「そっか、じゃあ水をつけてドライヤーで乾《かわ》かすだけでも違うよ」

ウォーター!! ようやく知っている単語が出てきてホッとしてしまった。

「今度やってみます」

しかし、実はドライヤーも持っていない。私はちっぽけなプライドを守るために無駄《むだ》に見栄を張ってしまった。

と、こんな感じの噛《か》みあわない会話は一度や二度ではない。毎日である。兄と話すのがストレスになるのも当然と言えば当然の流れだった。自分から腐女子成分を取り除くとこまで面白味のない人間に成り下がるのか。社会適応力のなさに泣けてくる。

兄はテレビも「好きなのを見ていいよ」と譲《ゆず》ってくれるし、「もっと楽にしていいから」と言って労《いた》わってもくれる。

でもそれは貴方には見せたくない姿なんですよ。普段の私はニュースじゃなくてアニメオンリーだし、ソファで寝っ転がりながら同人誌を読むようなコなんです。

兄を前にすると、申し訳ない気持ちで平伏《ひれふ》したくなる。どこからどう見ても私は理想の妹に値しない。それでも私は最低限、普通の妹として振る舞《ま》いたかった。

いっそのこと兄に「理想的な兄になろうとする必要はないんですよ」と言いたい。だけど相手はそれを望んでいないだろう。きっとこんな私達だからこそ、兄妹として平行線を辿《たど》るのだ。


ベッドの上で同人誌を広げていると、コンコンとノックの音が聞こえた。音量以上の大きな威力が、私の心臓を叩く。本日は夜の十時を迎えましたので、閉店しております。私は息を潜《ひそ》めて耳を澄《す》ました。

「悠子ちゃん？　開けてもいいかな」

そ、それはやめて～!!　私はバッとベッドから起きあがり、愛読書を布団の中に隠した。扉《とびら》の施錠《せじょう》を確認して、ホッと胸を撫で下ろす。びびったじゃないか、心臓に悪い。

部屋を見渡して状態を確認する。兄が家に来る前に片づけたから、パッと見は一般女子の部屋、だよね？　色々隠蔽《いんぺい》しているので布面積が多いけど、そういうインテリアということで。私は心を落ち着かせて、フゥッと息を吐いた。冷静に対応しないと今後の人生が左右される。

私はすこーしだけ扉を開けて、隙間《すきま》から兄の顔を見上げた。

「何でしょう」

「悠子ちゃんのお友達から電話だよ」と子機を手渡されて疑問《ぎもん》を抱《いだ》いた。私に電話してくる友達なんて麻紀ちゃんくらいだ。けど何故わざわざ家電に……?

私は素早く部屋の外に出て扉を閉めた。用が済んだのだから戻ってもらって構わないのに、兄は厳しい表情をしたまま立ち去ってくれない。私は溜息をつきたい気持ちで電話に出た。

『かむちゃん、夜遅くにゴメンネ?』

「携帯に電話くれれば良かったのに、どうしたの」

『うん、お兄様が出てくれるかもしれないという一縷《いちる》の望みに賭《か》けてみた。そしたらどんぴしゃり！　私はお兄様の美声に酔《よ》いしれたよ』

スゴイ……ＢＬに敏感《びんかん》な麻紀ちゃんが野生の勘を働かせたか。

『あのね、かむちゃんにお願いがあって……』

「ムリ、絶対ムリだから」

麻紀ちゃんが口を開く前に断った。こんな夜中に掛けてくる麻紀ちゃんの《お願い》なんて、ひとつしか思い浮かばない。

『明後日《あさって》、締《し》め切りなの。四十四ページ中、半分白紙なんだけど……一緒にやれば間に合うよね？』

って私に聞かれても⁉　麻紀ちゃんの中では既《すで》に私が応援要員に入っているようだ。まだ手伝うなんて一言も言ってないんだけど……。

「麻紀ちゃん」

『うん、わかってる。かむちゃんのことはスポ根王道喧嘩《ケンカ》カップル《ップル》萌えで、需要《じゆよう》と供給が一致した腐女子の鏡だと思ってるよ。でもね、私みたいなマイナージャンルでも待ってくれてる読者がいる。せっかく仲のいいサークルさんの厚意で大阪の展示場《インテ》に委託本《いたくぼん》として置いてもらえることになったんだから』

麻紀ちゃんの熱弁に私は耳を傾ける。必死だな、麻紀ちゃん。はっきり言って、私の画力はなきに等しい。だから今まで麻紀ちゃんが私に頼むようなことはなかった。

『私の指示した所を塗りつぶしたり、消しゴムかけたり、何なら私が居眠りしないように見張ってエールを送ってくれるだけでもいいから』

だが、今回は読み専《せん》の私に頼らざるを得ない程追いつめられているようだ。

『原稿《げんこう》が終わったらかむちゃんのリクエストでどんなイラストでも描《か》くから。カラーだよ、カラー！　ちゃんと色紙も使うし』

「行かせていただきます」

私はいともあっさり食いついた。いつも締め切りに追われている麻紀ちゃんには言えなかったけど、フラバタの二人を麻紀ちゃんに描いて欲しいという野望を胸の内に秘めていたのだ。

鼻先《はなさき》に人参《にんじん》。ご褒美を頂《いただ》けるのでしたら、微力《びりょく》ながらお手伝いさせていただきますとも。

それに、兄の前で一般女子ぶるのにもほとほと疲《つか》れた。リフレッシュしないと頭がオカシクなる。そんな私にとって外出の機会をくれた麻紀ちゃんの提案は魅力的《みりょくてき》だった。

「私にできる範囲でならやるけど、あんまり期待しないでね」

『明日、朝何時に来てくれても構わないから。期待して待ってる』

言った傍《そば》からコレだ。私は麻紀ちゃん節《ぶし》に苦笑を漏《も》らしながら、明日の朝に麻紀ちゃんちに行くことを約束した。会話を終えて小機を元の位置に戻しに行こうとすると、兄がすぐ傍に立っていてぎょっとした。兄は顎に手を当てて、何やら意味ありげに考え込んでいる。

私、変なこと言ってなかったよね。電話の相手が両親ならまだしも煩悩人《ぼんのうじん》である麻紀ちゃんが相手ではつい本性が露わになってしまう。どうか何か聞いてても聞かなかったことにして欲しい。誤魔化《ごまか》すように笑うと突然、ガシッと両肩を掴《つか》まれた。

「正直に答えて欲しい」

なななな、にゃにをするんですか⁉　急接近した兄に動揺を隠せない。私を捉《とら》えて放さない真剣な眼差しに、心臓が騒《ざわ》めいた。

「今のは、本当にお友達なのかな」

兄の問いに疑問を抱きながら、私はこくこくと頷いた。

「行かなくてもいいんだよ。夜遅くに電話を掛けてきて、嫌《いや》がる悠子ちゃんを無理矢理呼び出すようなお友達が悪いんだから。そんな友達とは付き合わない方がいい」

はぁ……？　麻紀ちゃんは人の話を聞かないところがあるゴーイングマイウェィ女子だけど、悪い子ではない。麻紀ちゃんの個性だ。いくら温厚な私でも兄の失礼な物言いにはかちんときた。不愉快《ふゆかい》極まりない。

「そんな友達、だなんて貴方に言われる筋合いはありません」

初めて反抗《はんこう》らしい反抗をした私に、兄は目を見開いた。

残念ながら麻紀ちゃんとはクラスが異なり、私は教室に仲の良い友人がいない。だから今でも授業で班を作れと言われると嫌で仕方がないし、入学当初は登校拒否《きょひ》したいくらいだった。それでも休まず通ってこれたのは漫研で仲間に会えたからだ。麻紀ちゃんに会えなかったら、私は正真正銘《しょうめい》のぼっちだった。

「麻紀ちゃんは私の数少ない大事な友達です」

私は兄の瞳《ひとみ》を見据《みす》えて、言いきった。家族だから、私の友達を選り好《えごの》みする権利があるとでも言うのか。そんな兄こそ私にはいらない。

「……俺は、悠子ちゃんのためを思って言ってるんだよ」

魔性《ましょう》の美貌《びぼう》が陰《かげ》りを見せる。この人は眉《まゆ》ひとつ顰《ひそ》めれば簡単に人を味方につけられるんだ。勉強も運動も器用にこなして、私と違って友達作りにだって苦労したりしない。醜《みにく》い嫉妬《しっと》のような感情が浮かび上がってくる。

「私のためですか？　それって価値観の押しつけですよね」

天と地ほどの差がある兄には、私の気持ちなど理解できないのだ。私のためを思うなら大切な友達を切り離そうとはしない。考えれば考える程、苛立《いらだ》ちが膨《ふく》れ上がっていった。

私は自分勝手な兄の手を払い落として、小機を戻しに走った。

小鳥が囀《さえず》る夏の早朝、私は自転車で麻紀ちゃんの家まで来ていた。自転車を降りて、表札を確認する。麻紀ちゃんとは一緒にイベントに行ったりする仲だけど、お宅を訪問するのは初めてだったりする。着いたよ、とメールを送ると、麻紀ちゃんが玄関から出てきた。

「いらっしゃい、かむちゃん」

普段は器用に纏《まと》められている麻紀ちゃんの髪が、締め切り間近のせいかボサボサの鳥の巣状態になっていた。天然パーマだから毎朝セットには苦労するといつだったか話していたが、こういうことかと納得する。

案内された麻紀ちゃんの部屋の中からは、私の好きなフラバタのオープニングテーマが聞こえてくる。思いがけないサービスにテンションが上がった。

しかし扉の中に足を踏《ふ》み入れた瞬間《しゅんかん》、そのドキドキわくわくした気持ちも空気が抜けた風船のように萎《しぼ》んでいった。

ここは魔窟《まくつ》か。初めて入る麻紀ちゃんの部屋は修羅場《しゅらば》と化していた。床《ゆか》一面に原稿用紙が広がり、中心の机にはインクで汚れたティッシュやペン先、トーンが散らばっている。そして、その乱れた部屋に一カ所だけ、不自然な程綺麗《きれい》な空き地がぽつんと存在していた。

「あちらがお嬢様《じょうさま》の席です」

執事《しつじ》ぶった麻紀ちゃんが片手を胸に当てて礼をする。私は足元の原稿を避《よ》けながら黙《だま》って指定席であろう座布団の上に座った。机の上には墨《すみ》と筆ペン、消しゴムが綺麗に並べて置いてある。しかも練習用の紙まで準備してあって……友人の至れり尽《つ》くせりの心遣《こころづか》いに泣けてくる。私はもう後戻りが許されない場所に来てしまった。

「お茶も出せなくてゴメンネ、でも原稿濡《ぬ》らしたら大惨事《だいさんじ》だからさ。この部屋以外でならいくらでも飲んでいいからね！」

「大丈夫、まだ外はそんなに暑くなかったし」

私が間違ってコップを倒したら、友情にヒビが入るだろう。そんなリスクを負《お》うくらいなら、はじめから飲まない方がいい。

私は麻紀ちゃんの指導を受けて、消しゴム掛けとベタ塗りに専念した。中学生にして、麻紀ちゃんの絵はほぼ完成されている。安定した画力の高さに私は感嘆《かんたん》の息を漏らした。

今、麻紀ちゃんが夢中になっている神話を題材にしたBLゲーム『神は万人を愛せない』略して神愛《かみあい》は、世界観が綺麗で人気もあるがサークルさんが少ない。麻紀ちゃんはそのことを普段から嘆《なげ》いていた。何とかして神愛の同人界を盛り上げ、輪を広めていきたいという麻紀ちゃんの情熱がこの原稿に詰まっている。失敗しないよう慎重《しんちょう》に扱《あつか》わねばならない。

ふと顔を上げると、目の前では麻紀ちゃんが迷いなくトーンカッターを操っていた。グラデーショントーンを削《けず》って表れた見事な空の陰影《いんえい》に私はプロ並みだね、と呟《つぶや》いた。

「ありがとう。これでもお姉ちゃんに比べればまだまだなんだけどね」

麻紀ちゃんが照れたように鼻の上を掻《か》いて笑う。麻紀ちゃんの十歳上のお姉ちゃんは女性向けから男性向けに転身した大手サークルさんだ。麻紀ちゃんの絵やアナログにこだわるその作画スタイルはお姉ちゃんの影響《えいきょう》を大きく受けているらしい。

「ねぇ、かむちゃん、私はいつまでもいて欲しいけど時間大丈夫？」

「え、もうそんな時間」

窓の外を見るといつの間にか日が落ちていた。残りは麻紀ちゃんが徹夜《てつや》すれば終わるということにして、今日はもう帰ろう。

「じゃあ、そろそろお暇《いとま》するよ」

腰を上げようとした時、鞄《かばん》の中の携帯《けいたい》が赤く点滅《てんめつ》しているのに気付いた。着信を見ると、今日だけで着信履歴《りれき》がおびただしい列をなしていた。最初はずっと知らない番号から掛かってきていて詐欺《さぎ》業者からの集中砲火《ほうか》を浴びているのかと危惧《きぐ》したが、途中で家電からの着信になっている。

家に書置きを残して出て来たんだけど……ここまでするか、異常すぎる。

「どうしたの、って履歴すさまじいね。もしかして相手って……」

私は麻紀ちゃんの言葉にコクリと頷いた。そう、これは確実に――お兄様からだ。

伝言メモは限界の件数まで埋《う》め尽くされていた。聞くのが怖《こわ》い。私が怯《おび》えながら画面を見下ろしていると、今度は携帯がぴかぴか緑色に光って震えた。出てくれと主張する電話が、私には時限爆弾《ばくだん》のように思えた。

「ど、どうしよう」

「なら私が代わりに出てあげるよ。貸して」

おいおい惚《ほ》れてまうやろぉぉぉ。私は携帯を麻紀ちゃんに手渡して事の成り行きを見守ることにした。

「もしもし、越田《こした》と申します。はい、……はい、あぁ、こんな遅くまで悠子ちゃんと何をしているかって、ナニですよ、ナニ」

え、どうして、兄を挑発《ちようはつ》するようなアレンジを加えたのっ。ただでさえ、昨日の会話からして兄は麻紀ちゃんにいい感情を抱いていないようなのに。

私は一言目からして不穏《ふおん》な会話にハラハラしながら手に汗を握った。

「女の子の口からそんなこと言わせるんですか、二人っきりですることとなんかひとつしかありませんよ。悠子ちゃんは今日が初めてだから戸惑《とまど》ってましたけど、私が手取り足取り教えてあげましたから、もう慣れたものですよ」

うん、そうだね、麻紀ちゃんには丁寧《ていねい》にベタ塗りのコツや、消しゴムの掛け方まで教えてもらったけどね？　その言い方はないと思う。まったく何を言っているんだ。兄が勘違いしたらどうする。

「ええ、わかります。もうこんな時間ですし、心配ですよね。だから今日は悠子ちゃんにはウチに泊まってもらおうと思って。悠子ちゃんも顔とか色々汚れちゃったからシャワー浴びたいでしょうし。ウチの方が危険？　まっさかぁ安心安全、百人乗っても大丈夫——ってえぇっ、なんて鬼畜《きちく》な発想!?　シンパシーを感じます」

確かに手についた墨汁《ぼくじゅう》で少し顔が汚れたりもしたけど……。麻紀ちゃんが言うとアヤシイ感じにしか聞こえない。もうこれ以上喋《しゃべ》らないでくれ、麻紀ちゃん。どう考えても和《なご》やかから程遠い二人のやりとりに私は頭を抱《かか》えた。

「はいはい、悠子ちゃんに代わればいいんですね。はい、かむちゃん」

ここで私にパスしてくるの!?　こんなことなら最初から素直に電話に出ておけば良かった。私は後悔しながら携帯を受け取り耳に当てた。

『悠子ちゃん？　悠子ちゃんだよね』

必死な兄の声にズキっと良心が痛んだ。兄は私を怖がらせる気はなくて、純粋に心配して何回も電話を掛けてくれたのだ。

「はい、悠子です。心配掛けてすみません。さっきのは麻紀ちゃん流の冗談なので気にしないで下さい」

『迎えに行くよ。そのマキちゃんとやらにご挨拶《あいさつ》したいし』

最後の方、声がドス黒かった。それは不良漫画で言うご挨拶ですよね。何で一度も会っていない二人がここまで険悪な関係を築けるのだろう。

「いえいえ、大丈夫です。これから急いで帰りますね。それでわっ」

反論される前に素早く電話を切った。短い会話だったはずなのにドッと疲れた。

「ねぇ麻紀ちゃん、何であんなこと言ったの」

「いいヤンデレだった、余は満足じゃ」

私の質問に、麻紀ちゃんは片目でぱちりとウィンクしてサムズアップした。

もうこれだから麻紀ちゃんは。私は骨《ほね》の髄《ずい》まで腐女子である麻紀ちゃんに脱力《だつりょく》した。

「ともかく、原稿頑張《がんば》ってね」

私は立ち上がり、今度こそ麻紀ちゃんの家を出た。最後まで、泊まっていいんだよと誘《さそ》ってくれたけど、家で待っていてくれる人がいる。麻紀ちゃんには悪いが、断らせてもらった。あとは自分で何とかして下さい。

外に出ると、湿気《しっけ》に包まれた夏の空気が肌にまとわりつく。暗い夜道の中へ、私は憂鬱な思いで自転車を漕《こ》ぎ始めた。段々、家が近づいてくる道のりで私はふと麻紀ちゃんに絵のリクエスト内容を伝えていないことを思い出した。メールしようとして、考えなおす。今はまだ、気が抜けないから夏休みが終わったらお願いしよう。兄との共同生活を終えた時のご褒美として。


自転車を降りて我が家の敷地《しきち》に足を踏み入れると、玄関先で腕組《うでぐ》みする兄が仁王立《におうだ》ちしていた。いつの時代の頑固親父《がんこおやじ》だ。

「た、ただいま帰りました」

自転車を停めてから、恐々《こわごわ》玄関に近づく。険《けわ》しい表情に気圧《けお》された私は兄の前で足を止めた。鋭《するど》い眼光がグサグサと突き刺さる。

「おかえりなさい、悠子ちゃん。さ、お友達の家でナニをしていたのか、ひとつひとつじっくり教えてもらうよ」

「は、はひ」

友達の同人誌の原稿を手伝ってましたとは言えない。や、やっぱり麻紀ちゃんの家に泊まった方が安全だったかも。私は脱走がバレた囚人《しゅうじん》のように看守《かんしゅ》に腕を掴まれて、奥の部屋へと連行されるのだった。

散々な目に遭った。どうにか原稿のお手伝いから、宿題のお手伝いに変更して説明しておいたけど、兄の説教はくどくど長い上に煩《うるさ》いのだ。

「大丈夫？　腰は痛くないかな、朝から晩まで大変だったでしょう」

「顔、汚れたって聞いたよ。他にはどこが？　俺が綺麗にしてあげるよ。まさか、見えないような場所じゃないよね」

麻紀ちゃんの冗談を真に受けているような言い方をするものだから、私も付き合いきれなかった。身の安全を確かめるためなんだろうけどパタパタ無断で私の体に触《ふ》れてくるし、いくらイケメンでも許さないぞ。私はぎりっと唇《くちびる》を噛み締めて、湧《わ》き上がる苛立ちを必死に抑えた。冷静《ビークール》に冷静《ビークール》に、夏休みが終わるまでの辛抱《しんぼう》だ、悠子。兄のお説教を聞き流しながら、私は早く時が過ぎることだけを祈った。

兄の怒りがひと段落してから夕飯作りに取り掛かる。一度決めたことだ、どんなに怒りに支配されようと家事は投げ出さない。

作り置きしていた豚《ぶた》の角煮《かくに》を使った炒飯《チャーハン》とふわふわの卵とニラのスープを作り終えてテーブルにお皿を並べていると、兄がカレンダーを眺《なが》めていた。その視線の先のモノに気付き、たらりと冷や汗が流れる。

「この日は悠子ちゃんの誕生日？」

兄が指差したのはカレンダーについた赤い丸。いっそのこと、その日が誕生日ならどんなに良かったか。兄の言う赤丸の日は年に一度の夏の祭典、コミックマーケットの日だった。

何て誤魔化せば追及されずに済む？　頭を高速回転させた結果、名案が浮かんだ。

「その日は——お台場《だいば》の花火大会に行ってきたんです」

夏コミの帰りに浴衣《ゆかた》を着て花火大会へ向かうリア充を見掛けたことを思い出したのだ。

「一人で？」

「麻紀ちゃんと二人で。楽しかったですよ、本当に綺麗で」

お気に入りのサークルさんの新刊は最高でした。きらきらのラメが入った表紙は、私の想像を遙《はる》かに超えた美しさだった。

「へぇえー、友達のマキちゃんと。マキちゃんって女の子だよね？」

麻紀ちゃんの単語が出た瞬間、兄の眉がぴくりと吊り上がる。

「正真正銘《しょうめい》女の子です。電話でも話してたじゃないですか」

「声変わり前の男かもしれない」

さいですか。言葉だけでは麻紀ちゃんの男疑惑が拭えないようだ。私は疑り深い兄に夏コミに行った時に携帯で撮《と》った写真を見せる。勿論《もちろん》、会場がわからないような麻紀ちゃんとのツーショット写真だ。

「浴衣は着なかったんだ」

　麻紀ちゃんのことじゃなくてそっちですか。言われてみれば確かに。女子が花火大会へ行くというのに、浴衣を着ないのは不自然かもしれない。その一般人らしい目のつけ所に私は感心さえしてしまった。恐らくこの人は、数えきれないくらい花火大会に誘われて浴衣デートを実践してきた上級者だ。花火の前で「君の方が綺麗だよ」と囁いて多くの女性を虜《とりこ》にしてきたに違いない。

「ちゃんと浴衣は持ってますよ、でも一人じゃ着付けできませんから。それにお台場まで下駄《げた》はつらいですし、諦めました」

「そうだね、中学生の女の子だけで遠出なんて危険だし、襲われても浴衣じゃ逃《に》げづらいもんね。普通《ふつう》の服で良かったよ」

　兄の声色に静かな怒《いか》りを感じ取って、私は首を傾《かし》げた。この人は何故、私に対してこんなに過保護なんだ？　自慢《じまん》じゃないが私はこれまで一人で出歩いていたって痴漢《ちかん》にあったこともなければ誘拐《ゆうかい》されたこともない。そのような犯罪に巻き込まれる程、可愛らしくはないのだ。兄の心配は見当違いも甚《はなは》だしい。

「来年はマキちゃんじゃなくて俺を誘ってね。前もって言ってくれれば飛んでくるから」

「な、なな何を仰《おっしゃ》ってるんですか。家に帰ってくるだけでも時間が掛かるんですよね、申し訳ないです」

冗談じゃない、貴方様をオタクの祭典に誘えるか！　麻紀ちゃんは諸手《もろて》を挙げて喜ぶだろうけど、私は全力で遠慮《えんりよ》したい。他にもっと説得力のある言い訳はないものか。必死に頭を悩ませていると、兄がテーブルの上に置いた私の腕《うで》に手を伸ばしてきた。大きな手で流れるように素肌を撫でられ、ぞくっと背中に悪寒《おかん》が走った。

「こんなに日焼けして。父さんとは海に行っても、俺とは出掛けたくないのかな」

この夏、私は夏コミに行く前に兄を除いた家族三人で海水浴場へ出掛けた。それを話した覚えはないから父が兄に話したのだろう。自分だけ仲間外れにされて気分を悪くしたのかもしれない。

私には、兄抜きで出掛けたことに対して、罪悪感《ざいあくかん》があった。でもだからといってリア充を誘う勇気もなく……どうか私を許して欲しい。

「ごめんなさい」

「そんな簡単《かんたん》に認めないで」

寂《さび》しげな呟きとは裏腹に色気を孕《はら》んだ眼差しだった。じっと見つめられ、自分でも顔が火照《ほて》ってくるのがわかった。

「ねぇ、俺とじゃイキたくないの？」

イッ、イヤァァァ――ッ!!　兄の声が私の耳を通り抜けた瞬間、ぞわわわわぁと全身に鳥肌が立った。一応、家族だと思って耐えていたけれど限界を超えた。もう、我慢《がまん》できない。

「い、行きます、どこへでもご一緒しますからっ、手を離して下さいぃぃ」

やだ、兄怖い。ぽろり、と私の涙腺《るいせん》は遂《つい》に決壊《けっかい》した。昨日から何なんだ、この人は。私の意思を無視して自分の思い通りにしようとする。傲慢《ごうまん》だ。

私は本気で男性には免疫がない。地味モブの私をそんじょそこらの女の子と一緒にしてもらっちゃ困るんだよ。携帯に登録してある男性の名は父のみ。学校でも男子との会話は皆無《かいむ》。そんな私に接近戦を挑《いど》まれても、立ち向かう耐性を持ち合わせていないのだ。

そりゃ、涙だって出るし、体も震える。えぐえぐと泣き出した私に、兄は狼狽《うろた》えていた。私の腕からは手を離してくれたが、今度は、ごめんね、ごめんね、と机に突《つ》っ伏《ぷ》した私の頭を撫でてくる。謝るくらいならはじめからやるな。

「気安く触《さわ》らないで下さいっ」

女性が苦手だなんて信じられるか。気軽にベタベタ触りおって。自分の整った容姿を利用して、女性を弄《もてあそ》ぶのが常套《じょうとう》手段なのだろう。誰がその手練手管《てれんてくだ》に引っ掛かるものか。

この人は——リア充ならぬリア獣だ!!　私は今後、兄の前では油断すまいと心に誓《ちか》った。

四 兄の前兆

「冴草《さえぐさ》くん、親御《おやご》さんからだよ」

部屋で寛《くつろ》いでいると、寮父《りょうふ》から一枚の葉書を手渡《てわた》された。差出人は父親だった。メールを書くのも面倒《めんどう》くさがって電話を掛《か》けてくるような人がわざわざ葉書を出すとは。結婚《けっこん》して浮《う》かれているんだろうか。裏返してみると、夕陽に染《そ》まった海の写真が印刷されている。父が撮《と》ったものだ。

「お、何だそれ、暑中見舞いか?」

俺が椅子《いす》に座《すわ》って葉書を眺《なが》めていると、後ろから貴士《たかし》が俺《おれ》の手元を覗《のぞ》き込《こ》んできた。

父は写真家で、一年の殆《ほとん》どを海外で過ごしている。昔は家に帰ってくることが少なかったが、今は悠子《ゆうこ》ちゃんがいるから日本にいる時間を長くしているようだ。

「そう。といっても、親父《おやじ》から葉書貰《もら》うのなんて初めてだけど」

海を背景に写るのは一人の少女。波打ち際《ぎわ》にしゃがみ、熊手《くまで》を手にしている。下ろした長い髪《かみ》で顔が隠《かく》れて表情はわからない。でも俺には一生懸命《けんめい》に貝を探す悠子ちゃんの様子が目の裏に浮かんだ。それはそう——葉っぱの中からどんぐりを探すリスのように。

「じゃあ、このコは近所の小学生とかか。今は肖像権《しょうぞうけん》厳しいからなぁ。やっぱ撮《と》る前に許可とか貰ってんのかね」

やはり、貴士の目にも悠子ちゃんは幼《おさな》く映るようだ。話せば大人びた子だとわかるが、見た限りではそう判断せざるを得ない。

「許可も何も、このコがこの前話した義理の妹。今年で中学二年生」

「これで⁉　和泉《いずみ》のことだから冷たくあしらってるんだろうけど、相手は小学、いや中学生なんだから手加減《てかげん》してやれよ。お前、ギャルの前だと人が変わるもん。怖《こわ》い怖い」

「それは去年の文化祭の話か。大人数に囲まれバシャバシャ写真を撮られた挙《あ》げ句《く》に電話番号教えろだの、一緒《いっしょ》に回ろうとつきまとわれ、強引にスマホを奪《うば》われかけた俺に非があるとでも？　警備員《けいびいん》に追い出してもらって正解だった」

毎度、学校行事で客寄せパンダをさせられればいい加減に学ぶ。スマホに警備員の電話番号を登録《とうろく》しているのは俺くらいだ。

「あそこまでモテると考えもんだよな……。男子校だからあまり意識してなかったけど、あれは異常」

「そうなんだよ。今は身を守る術《すべ》があるからいいけど、子供《こども》の頃《ころ》は悲惨《ひさん》だった」

貴士の同情に俺は溜息《ためいき》をついた。それは正しく俺の長年の悩《なや》みだったからだ。女が鬼《おに》か悪魔《あくま》か変質者か誘拐《ゆうかい》犯にしか見えなかった。だから妹が俺の天敵《てんてき》とするタイプの異性じゃなくて本当に良かった。

「それで妹とか、平気なのか」

その問いに俺は頷《うなず》いた。妹の根本に警戒《けいかい》はあれど悪意はない。そして稀有《けう》なことに好意もない。だから俺は安心して彼女に近づけた。

「何ていうか悠子ちゃんは、女子っぽくないんだよ」

「それは男っぽいって意味か?」

「そうじゃなくて、男でも女でもないっていうか……小動物?」

小動物は雄雌《おすめす》関係なく愛らしい。それが一番しっくりする答えだった。

「今度、妹に会いに家に帰ってみるよ」

本気か、と貴士は俺を凝視《ぎょうし》した。驚《おどろ》くのも無理はない。俺はこの寮に入ってから一度も帰省していない。実家はそれだけ近づきたくない場所だった。

「あんまり帰らないと他人扱《あつか》いされちゃうからね」

せっかく家族になったのだ。たまに来る親戚《しんせき》のようなもてなしは受けたくない。他人行儀《ぎょうぎ》の妹に自分を兄だと認識《にんしき》させる必要があった。

「お前、それって嫌《きら》われてるんじゃ……」

「そうならないように手懐《てなず》けに行くんだよ」

貴士の小さな呟《つぶや》きを俺はひと睨《にら》みして黙《だま》らせた。そっと葉書の悠子ちゃんを撫《な》でる。思い出すと触《ふ》れてみたくなる。

不意に貴士の気配が遠ざかり、どうしたのかと振り向いてみると床《ゆか》に尻餅《しりもち》をついて俺の顔を指差していた。沸騰《ふっとう》した顔色でひたすら口をパクパクさせている。まったく何を言いたいのか、失礼な奴《やつ》だ。

もうすぐ一学期が終わる。あの子は何を楽しみにしていて、どうしたら笑ってくれるのか。妹と過ごす夏休みを想像するだけで気分が高揚《こうよう》した。


夏休みは中旬に入り、俺は姿見の前に立って悩んでいた。クレリックシャツにデニム、ネイビーのベストに白のクロップドパンツ、いや、Vネックに眼鏡《めがね》を差すのもありか。ベッドの上に服を並べてスタイリングしていると、貴士に背後《はいご》から頭を殴《なぐ》られた。

「お前は何を着ても好青年だっての。実家に着ていく服なんて適当でいいんだよ。もっとフランクに行け」

「フランクに？　それができたら苦労はしない。ただでさえ電話に出た悠子ちゃんは俺の帰省を延期して欲《ほ》しい様子だったんだぞ……」

だからこそ、この夏休み中に少しでも好印象を与えて親しくなりたかった。

「服じゃなくて中身で勝負しろ。お前はただでさえ誤解を受けやすい容姿なんだから。妹ちゃんに外見を好きになってもらいたいわけじゃないんだろ」

確かに、一理ある。いつもふざけた態度の貴士が何故《なぜ》今日に限って親身なアドバイスをしてくれるのか、尋《たず》ねてみると意外な答えが返ってきた。

「皆でいくら外に遊びに行こうって誘《さそ》っても寮から出ない。実家にも一度も帰らない。徹底的《ていてき》に女を避《さ》けて四年間も世捨《よす》て人《びと》みたいな生活を送っていたお前が、自ら外に踏《ふ》み出そうとしてるんだぞ。応援《おうえん》したくもなる」

貴士の言う通り、寮に入った俺は浮世《うきよ》離《ばな》れしていた。世俗《せぞく》には女という魑魅魍魎《ちみもうりょう》が蔓延《はびこ》っているから、誰に誘われても外出する気にはなれず断った。手に入れた平穏《へいおん》な生活を失いたくなかったのだ。

そんな俺も悠子ちゃんに出会って心境の変化が訪《おとず》れた。殻《から》にこもるのはもうやめだ。自分が変わらなければ、何も進展しない。貴士からの思わぬ心遣《こころづか》いに胸《むね》が熱くなった。

「ありがとうな」

「言っておくけどな、妹ってそんなにいいもんじゃないぞ。俺の妹は生意気で可愛さの欠片《かけら》もない。この前もケーキ買って来いってパシらされたからな」

貴士の話を聞いて、昨日の悠子ちゃんとの電話を思い出した。

「貴士は抹茶《まっちゃ》のロールケーキが美味《おい》しい店って知ってるか」

妹への手土産《てみやげ》に買いに行きたいんだけど、と理由を話すと貴士はこれ見よがしに長い溜息をついた。

「餌付《えづ》けから始めんのか、道のりは長そうだな」

近道だよと俺は苦笑を漏《も》らし、ありがたく貴士からケーキ屋の情報を入手した。


電車を降り、夏の暑さで熱くなったアスファルトの上を歩き続けてやっと実家に辿《たど》り着いた。家の門扉《もんぴ》を開けてアプローチを歩いていくと、以前は鬱蒼《うっそう》としていた庭が綺麗《きれい》に整えられていた。並んで植えられた向日葵《ひまわり》を横目に通り過ぎ、玄関《げんかん》の扉《とびら》を開ける。

扉の先で出迎《でむか》えてくれたのは、意外にも悠子ちゃんだった。

「はい、悠子ちゃんにお土産」

俺からケーキの箱を両手で受け取った悠子ちゃんはきらきらと目を輝《かがや》かせる。その無邪《むじゃ》気《き》であどけない表情に胸が震《ふる》えた。子犬みたいで可愛い。ケーキ屋で長時間並んだ甲斐《かい》があるというものだ。

ケーキを持って冷蔵庫《れいぞうこ》に向かった悠子ちゃんの後ろをついていく。キッチンから見渡すとリビングは綺麗に片づいていて、ダイニングテーブルの上には小さな青い花が花瓶《かびん》に活けて飾《かざ》ってある。いつの間にか、白を基調とした北欧《ほくおう》スタイルだったインテリアが温かみのある木彫《きぼり》のカントリー風に模様《もよう》替《が》えしてあり、以前より居心地の良さを感じる。苦い記憶しかない実家でそう感じること自体が俺には驚きだった。

「父さんと妃《きさき》さんは仕事?」

「新婚旅行中です」

この広い一軒家《いっけんや》に中学生の悠子ちゃんを一人残して旅行に出るとか、親父は何とも思わなかったのか。しつこい勧誘《かんゆう》業者を断れるようにはとても見えないし、強盗でも押し入ったらどうする。

「じゃあ二人が帰ってくるまでここにいよう。俺も家事手伝うから何でも言ってね」

きっと俺が二、三日しか滞在しないと思っていたのだろう。見るからに悠子ちゃんは肩《かた》を落として項垂《うなだ》れている。その悠子ちゃんの態度を見て俺も落ち込んだ。

にしても、今回は両親がいなくてちょうど良かったのかもしれない。二人がいれば、悠子ちゃんは極力俺と関わらないようどちらかの背中に隠れてしまうだろうから。悠子ちゃんとの距離《きょり》を縮めるいいチャンスだ。気を取り直して微笑《ほほえ》むと悠子ちゃんは困惑気味《こんわくぎみ》な笑顔を浮かべた。

次の日から、俺は悠子ちゃんの観察を始めた。

朝の六時、夏休みにもかかわらず悠子ちゃんは既《すで》に起きていた。ダイニングテーブルの椅子に座って、何かをパチパチ叩《たた》いている音がする。

「おはよう、悠子ちゃん」

後ろから悠子ちゃんの肩に手を置くと、丸めていた背中をぴんっと伸ばした。その飛び上がった子鼠《こねずみ》のような反応に、笑いを噛《か》み殺しながら悠子ちゃんの前の席に座る。テーブルの上にはチラシやノート、計算機が置いてある。さっきの音は計算機だったのか。

「すごい、かなり細かく書いてあるんだね」

悠子ちゃんの手元にあるノートを覗くと切り取ったチラシが綺麗に並べて貼《は》ってあり、反対のページには曜日別に特売品の傾向《けいこう》まで記入してある。

手作りの家計簿《かけいぼ》なんて初めて見た……。親父から聞いていたけど、ここまで本格的に家事を切り盛りしているとは思いもしなかった。

「俺は、こういうの気にして買い物しないから尊敬《そんけい》する」

「そっ、尊敬ですか」

悠子ちゃんはぎょっと目を剝《む》いた。そんなに驚くことかな。普通の中学生は精々お小遣《こづか》い帳止まりで家計簿なんてつけないし、お米を何合炊《た》いてるかなんてメモしたりしない。母娘《おやこ》二人暮らしだったから母親を助けたい一心で数字と睨めっこしてきたのだろう。年季の入った家計簿から彼女の長年の苦労が伝わってきた。

「嘘《うそ》じゃないよ。その歳《とし》でちゃんと貯金までしてるんだ。悠子ちゃんは偉《えら》いなぁ」

お世辞《せじ》じゃないんだよという意味を込めた台詞《せりふ》も気まずげに目を逸《そ》らされれば、伝わっていないとわかってしまう。何故、言葉通りに受け取ってくれないのか甚《はなは》だ疑問《ぎもん》だ。

それから数日間、観察を続けたが悠子ちゃんは毎日朝早くに起床《きしょう》してチラシのチェックに始まり朝食の準備、皿洗いを済《す》ませたら掃除洗濯《そうじせんたく》、庭の雑草抜きと忙《せわ》しなく働いている。

俺は指定席になったソファに背中を預けて、スマホを取り出した。グループラインに朝食の写真を貼ると、俺の帰省を珍《めずら》しがる寮の友人達から続々とコメントが呟かれる。

『初の帰省を祝して、合コンを開催《かいさい》しよう』

『妹さんを俺達に紹介《しょうかい》して下さい。お義兄《にい》さん！』

……女に餓《う》えてるヤツが多すぎる。流し読みしていると、両手を合わせたウサギのスタンプで懇願《こんがん》してくる輩《やから》まで出てきた。おい、調子に乗って皆でスタンプ連打するな。恐《おそ》らく貴士が悠子ちゃんの存在を他の友人にも話したのだろう。口止めしておけば良かった。

俺は即座《そくざ》に『却下《きゃっか》』の返信をする。

他にも普通《ふつう》に出掛けようと誘ってくれた友人もいたが、見送らせてもらう。この二週間は極力外出を控《ひか》えて、悠子ちゃんとコミュニケーションを図りたい。小さな足音が聞こえて、俺はボトムのポケットにスマホをしまった。

「今から昼ご飯作りますね」

草むしりを終えて戻《もど》ってきた悠子ちゃんは手を洗うと、休む間もなくエプロンを身につけた。リビングのソファからはオープンキッチンにいる悠子ちゃんの様子がよく見える。料理中は鼻唄《はなうた》を歌ったり、つまみ食いをしてにんまり笑ったり、ちょこまかと動き回ったり。ここから悠子ちゃんの自然体の姿を見るのが最近の楽しみだ。

トントントンと包丁の音が聞こえ始めるといい匂《にお》いが漂《ただよ》ってきた。

昼食はイタリアンかな。俺はソファから立ち上がってキッチンの悠子ちゃんに近づいた。

「今日のお昼ご飯は何？」

カウンターに肘《ひじ》を置いて尋ねる。まな板の上には微塵《みじん》切りのバジル、ボウルの中には味付け中のお肉が入っているようだ。中学生だというのに手慣れたものだ。悠子ちゃんは料理の手を止めて俺を見上げた。

「……鶏肉《とりにく》とパプリカのバジル炒《いた》めです」

「それは楽しみだ」

彼女が作る料理は、和洋中と幅広く味も見た目にも飽《あ》きがこない工夫がされている。おかげで俺の舌はこの数日間ですっかり肥《こ》えてしまった。

庭には小さな家庭菜園があり、切っているバジルもそこから採ってきたのだろう。日々、欠かさず庭に水を撒《ま》き、植物が枯《か》れないように世話をしている。きっと向日葵の種を植えたのも彼女に違いない。窓の外に見えた悠子ちゃんは、今日も自分の背を追《お》い越《こ》す程大きく育った花を眩《まぶ》しそうに仰《あお》ぎ見ていた。

家庭的で倹約家《けんやくか》、褒《ほ》めても決して驕《おご》らず粛々《しゆくしゆく》と家事に励《はげ》む悠子ちゃんを見て、俺はひとつの結論に達していた。——妹は齢《よわい》十四歳にして、良妻賢母《りようさいけんぼ》の器を持つ絶滅危惧種《ぜつめつきぐしゆ》だったのだ。

ここは兄として保護《ほご》活動に励まねばならない。俺の悠子ちゃんに対する庇護欲《ひごよく》は日に日に増していった。

「火傷《やけど》しないように気を付けてね」

料理の邪魔《じやま》をするのは本意ではない。悠子ちゃんのぷにぷにの頬《ほお》を撫でて、俺はリビングに戻った。

ソファに座って自分の手をまじまじと眺める。蕁麻疹《じんましん》が出ないのを不思議《ふしぎ》に思って、あれから何度も悠子ちゃんに触れてみたが結果は変わらない。荒れた悠子ちゃんの小さな手にハンドクリームを塗《ぬ》ってあげた時は、嫌悪感《けんおかん》どころか癒《いや》しさえ感じた。近頃では悠子ちゃんに無性に触れたくなるのは、一種のアニマルセラピーなのではないかと思っている。元来人肌《ひとはだ》は苦手だったんだけどな。悠子ちゃんと出会って俺の体は生まれ変わったようだ。

彼女に触れた手にひっそり口づけて、昼食が出来上がるのを楽しみに待った。

日中、俺は好んでリビングにいる。テレビで見たいものは特になく、悠子ちゃんに譲《ゆず》ると甲子園かニュースのどちらかになった。意外なことに悠子ちゃんは野球が好きなようだった。甲子園に至っては、ほぼ毎日見ている。

それともうひとつ、悠子ちゃんの野球好きを決定づけたのが、ＨＤＤの録画《ろくが》番組だ。

或《あ》る日、俺はリモコンが見つからず直接テレビの電源を押して消した。その時、ふと下を見るとレコーダーにメッセージが流れていた。──録画容量の残量が少なくなっています。

何が録画されているのか気になって一覧を確認してみると、そこにはずらっと野球アニメだけが毎週予約録画されていた。その全てに保護の鍵《かぎ》マークがついており、録画した人間の愛着が伝わってくる。説明書を出して調べてみると、録画後でないと保護は掛けられないと記載《きさい》されていた。両親が不在の今、先週放送のアニメに鍵マークを付けられるのはたった一人だけだ。

そんなに好きなら見ればいいのに。悠子ちゃんは俺がいるから遠慮《えんりょ》しているのかもしれない。遠慮されないようにするにはどうすればいいのか、思いついた俺はスマホを取り出して悠子ちゃんの愛するアニメを検索《けんさく》し始めていた。

翌日、家に小さな段《だん》ボールが届いた。中身は録画リストにあった野球アニメの原作漫画《まんが》『フライングバッター』全巻だ。漫画を衝動買《しょうどうが》いしたのは初めてだった。

このままでは何の成果もなく夏休みが終わってしまう。果たして二週間でどこまで悠子ちゃんとの距離を縮められるのか、俺は焦《あせ》りを感じ始めていた。

どんなに話し掛けても悠子ちゃんはよそよそしく、むしろ段々遠のいているような気さえする。悠子ちゃんの心は複雑で繊細《せんさい》だ。取り扱い説明書があればどんなに良かったことか……。

諦《あきら》めきれない俺に降ってきたチャンスがこの野球漫画だった。好きなものの話なら引っ込み思案《じあん》な悠子ちゃんも話しやすいだろう。

調べてみたところ『フライングバッター』は週刊雑誌で人気沸騰《ふっとう》中の漫画で、ファンの間ではフラバタと呼ばれているらしい。

俺は今まで漫画やアニメに興味がなかったが、読み始めたら中々面白かった。最新巻では、いきなり主人公の真崎飛人《まさきたかと》が他校の生徒と乱闘騒《らんとうさわ》ぎを起こしてレギュラーから外されたところで終わっている。暴力《ぼうりょく》を振るった理由を監督《かんとく》に問い質《ただ》されても、飛人は口を閉ざしていて、続きが気になる。

しっかり読み込んだら、この漫画の話題を振って一緒に盛り上がってみたい。問題はいつ自然にこの漫画の話を切り出すかだ。悠子ちゃんは隠したいようだし、難しい。俺は想像の中の悠子ちゃんの笑顔を糧《かて》にしながら、頭を悩ますのだった。

五月蠅《うるさ》い蝉《せみ》の声も小さくなった深夜、珍しく家の電話が鳴った。こんな時間に掛けてくるのは海外にいる親父くらいだ。

しかし電話に出ると親父ではなく、越田《こした》と名乗る悠子ちゃんの友人だった。非常識な時間の電話。仲がいいのならば携帯《けいたい》の電話番号くらい交換《こうかん》しているのでは？　本当に友達なのか疑わしかった。俺は不審《ふしん》感を抱《いだ》きながら、子機を持って悠子ちゃんの部屋の扉を叩いた。

――しばらく待っても返事がない。もしかしたらもう寝《ね》ているのかな。もう一度、呼んでみる。すると、中から微《かす》かに物音が聞こえた。

「開けてもいいかな」

声を掛けてドアノブを握《にぎ》ったところで、本格的にガタゴトと部屋の中を動き回る足音が聞こえた。悠子ちゃんの性格上きちんと整理整頓《せいとん》していそうなのに、そんなに部屋が散《ち》らかっているのか。悠子ちゃんが落ち着くのを待っていると、扉の隙間《すきま》からそろりと悠子ちゃんが顔を出した。

「何でしょう」

悠子ちゃんは、上目遣いでじぃっとこちらの様子を窺《うかが》っている。威嚇《いかく》する猫《ねこ》のような目つきに苦笑が漏れた。危害を加えに来たわけではないのだから、早く巣穴から出てきて欲しい。

「悠子ちゃんのお友達から電話だよ」

手に持った子機を見せると、悠子ちゃんはようやく部屋から出てきた。電話を受け取り小声で話を始める。こんな夜更《よふ》けに電話を掛けてくるのだから、まともな用件ではないと俺はあたりをつけていた。

しばらく見守っていると、悠子ちゃんの様子が一変した。

「ムリ、絶対ムリだから」

悠子ちゃんは顔を真っ青にしながら、可哀想《かわいそう》なくらい首を横に振り続けている。もしかして——電話相手の友人、越田に脅《おど》されている？

ハラハラしながら、越田と奮闘《ふんとう》する悠子ちゃんを俺は固唾《かたず》を飲んで見守った。悠子ちゃんは何とか断ろうとしていたが、相手の方が一枚上手だったようだ。健闘《けんとう》も空《むな》しく、悠子ちゃんは越田の呼び出しに応じてしまった。

俺は小機を戻しに行こうとする悠子ちゃんの両肩を摑《つか》んだ。

「正直に答えて欲しい。今のは、本当にお友達なのかな」

悠子ちゃんは上下に首を振ったが、その必死さが逆に信じがたい。

「行かなくてもいいんだよ。夜遅くに電話を掛けてきて、嫌《いや》がる悠子ちゃんを無理矢理呼び出すようなお友達が悪いんだから。そんな友達とは付き合わない方がいい」

「そんな友達、だなんて貴方《あなた》に言われる筋合いはありません。麻紀《まき》ちゃんは私の数少ない大事な友達です」

珍しく強い口調で主張する悠子ちゃんに俺は驚きを隠せなかった。そんなに大切な友達なのか。澄《す》んだ瞳《ひとみ》で懸命に越田を庇《かば》おうとする姿に胸が締《し》め付けられた。都合良く利用されてるだけなのに。

「……俺は、悠子ちゃんのためを思って言ってるんだよ」

「私のためですか？　それって価値観の押しつけですよね」

俺の手を振り払って悠子ちゃんは階段を下りていく。離れていく小さな背中を見つめながら、俺は言葉の意味を考えていた。

押しつけなんかじゃない、本当に悠子ちゃんが心配なんだ。君は知らないんだ。外は危険で溢《あふ》れていて、安全の保証はどこにもない。何かあってからでは遅いのだ。だから俺が排除《はいじょ》しなければならない。両親が家にいない今、悠子ちゃんを守れるのは俺だけだ。俺は自分に言い聞かせるように、一人静かに使命感に燃えていた。

翌朝、俺はダイニングテーブルに肘をついて頭を抱《かか》えていた。

まさか、呼び出しが今日だったとは。てっきり昨晩かと思って一階のリビングで張っていたのだが、悠子ちゃんが部屋から出てくる気配がなく、途中《とちゅう》で寝てしまった。

起きてみると、テーブルの上にはラップをした朝食とメモが置かれていた。朝食のポトフはまだ温かい。悠子ちゃんが家を出てからそんなに時間は経っていないようだ。

——友人の家に行ってきます。どうぞ召《め》し上がって下さい。　悠子——

ぐしゃり、とメモを握り潰《つぶ》して歯噛みした。越田の家ってさ、どこだよ。今こうしている間にも悠子ちゃんがパシリにされていたり、殴られたりしているかもしれないと思うと居ても立ってもいられない。早く連絡を取らないと。しかしスマホを手にしてからハタと気付いた。

悠子ちゃんの電話番号を知らない。ならば教えてもらうまでだ。俺は高速でスマホを連打して親父に連絡を取り、悠子ちゃんの電話番号を聞き出した。

さて、ここからが本番だ。悠子ちゃんが電話に出るまで諦めない。

その後、俺は夜まで延々と電話を掛け続けるのだった。

何回掛けただろう。日が落ち始めて、俺は少しだけ冷静さを取り戻した。俺のスマホからの電話だと悠子ちゃんにとっては知らない番号だ。何度電話をかけても、不審に感じて出てもらえないかもしれない。そう思って家電から掛けてみても悠子ちゃんは電話に出なかった。電源は切っていないようだし、留守電も残しておいた。にもかかわらず、返答ひとつないのは一体どういうことだ。

悠子ちゃんが出て行って、半日が経とうとしていた。越田家にいる拘束《こうそく》時間が長すぎる。いつもなら夕飯を作り終えてる時間だ。テレビでは通り魔による女子高生殺害事件のニュースが流れている。既にどこかに監禁《かんきん》されて、俺に助けを求めているかもしれない。警察に届けを出すべきか、俺は真剣に考え始めていた。何かあってからでは遅い。もう一度掛けて繋《つな》がらなかったら一一〇番しよう。

俺が祈《いの》るような気持ちでリダイヤルすると、初めて通話が繋がった。

『もしもし、越田と申します』

って何でお前が出るんだよ!!　憎《にく》らしいソプラノ声に、俺は張り倒《たお》してやりたくなった。

「悠子ちゃんを出せ。もう夜の九時だぞ、ウチの妹に何をさせてるんだっ」

相手が年下でも容赦《ようしゃ》はしない。俺は越田に向かって怒鳴《どな》り散らした。

『あぁ、こんな遅くまで悠子ちゃんと何をしているかって、ナニですよ、ナニ』

「ナニって……ついたいけな悠子ちゃんに何をした」

『女の子の口からそんなこと言わせるんですか、二人っきりですることなんかひとつしかありませんよ。悠子ちゃんは今日が初めてだから戸惑ってましたけど、私が手取り足取り教えてあげましたから、もう慣れたものですよ』

「ふざけるな、悠子ちゃんはそんなふしだらな子じゃない。早く家に帰してもらおうか」

すると越田は夜中に帰すのは心配だから、悠子ちゃんを泊める予定だと言い出した。顔も汚れたからシャワーを使わせたい……って悠子ちゃんにナニをさせたのか!?

「どう考えてもお前の家の方が危ないだろうがっ」

『ウチの方が危険？　まっさかぁ安心安全、百人乗っても大丈夫』

「もし悠子ちゃんに無理矢理百人の男の相手をさせてたりしたら……越田、命がないと思え」

『ってえぇっ、なんて鬼畜《きちく》な発想!?　シンパシーを感じます』

「いいから悠子ちゃんに代われ」

気持ち悪い。こういう話が通じない女は俺の一番嫌いなタイプだ。はいはい、と言って越田が悠子ちゃんに電話を手渡す声がした。今度こそ、悠子ちゃんじゃなかったら俺は越田を富士《ふじ》の樹海《じゅかい》に投げ捨ててやる。

『はい、悠子です。心配掛けてすみません。さっきのは麻紀ちゃん流の冗談《じょうだん》なので気にしないで下さい』

「迎えに行くよ。そのマキちゃんとやらにご挨拶《あいさつ》したいし」

悠子ちゃんを誘拐未遂《みすい》した越田マキの顔を見ないと気が収まらない。ついでに相手の家も把握《はあく》しておけば、後々色々と役に立つだろうという目論《もくろ》みもあった。

「いえいえ、大丈夫です。これから急いで帰りますね。それでわっ」

悠子ちゃんは言うだけ言ってぷつっと電話を切ってしまった。まだまだ言いたいことがあったけれど、とりあえずは悠子ちゃんの安全が確認できたから良しとしよう。それまでは露出狂《ろしゅつきょう》の変態に襲《おそ》われたり、生死を彷徨《さまよ》う悠子ちゃんの想像ばかりしていたから気が滅入《めい》っていた。

受話器を置いてふらりとダイニングの椅子に座る。体は正直なもので、心配事が消えて空腹を訴《うった》え始めた。俺はその時になってようやく、悠子ちゃんが作ってくれた朝食の存在を思い出す。ラップを剝《は》がして、スプーンで一杯《いっぱい》スープをすくって口に運ぶ。うん、美味しい。すっかり冷めてしまったポトフに悠子ちゃんの温かな愛情を感じた。

俺は悠子ちゃんが帰って来て早々、越田の家で何をしていたのか詰問《きつもん》した。越田の話が冗談だと言うのなら、一体、何をしていたのだ。

普段は使わない一階の和室で俺達は正座《せいざ》をして向き合っている。悠子ちゃんは緊張《きんちょう》した面持《おもも》ちで重い口を開いた。

「麻紀ちゃんから夏休みの宿題がわからないから助けて欲しいと頼まれて手伝ってました」

「へぇ、随分《ずいぶん》時間が掛かったんだね。彼女は自分が悠子ちゃんに教えたようなこと言ってたけど嘘だったたってことか。悠子ちゃんは優《やさ》しいね、でも次からはちゃんと断りなよ。本人のためにもならないからね」

あの越田にしては真っ当な理由で逆に驚いた。半日以上掛けて宿題を教わるとは、一体どれだけ越田は馬鹿《ばか》なんだ。それに付き合ってあげる悠子ちゃんはお人好しすぎる。

「大丈夫？　腰は痛くないかな、朝から晩まで大変だったでしょう」

しかしそれも本当の話なら、だ。俺としても悠子ちゃんの話を信じてあげたい。けれど悠子ちゃんの善良《ぜんりょう》な瞳が、俺の目から逃《に》げるようにして逸らされた。

「顔、汚れたって聞いたよ。他にはどこが？　俺が綺麗にしてあげるよ。まさか、見えないような場所じゃないよね」

首筋や手首に拘束された痕《あと》は残ってはいないようだ。俺は悠子ちゃんの脇《わき》の下に手を入れて立たせた。俺はパタパタと悠子ちゃんの体に触れて異常がないか確かめる。悠子ちゃんは居心地が悪そうに身じろぎした。

「え、鉛筆《えんぴつ》で汚れた手でちょっと顔を触っちゃっただけですよ、やだなぁもう、アハハ」

アハハって実際に人が口にするの初めて聞いたよ、悠子ちゃん。その見破ってくれと言わんばかりの稚拙《ちせつ》な嘘に俺は薄笑《うすわら》いを漏らした。

「うん、庇わなくていいよ。あの子とは一刻も早く縁《えん》を切ろうね。大丈夫、悠子ちゃんならもっといい友達ができるから」

「その話はもうしましたよね。友人を貶《けな》されるのは不愉快《ふゆかい》です」

越田のどこがいいんだか。実直な悠子ちゃんと軽薄《けいはく》な越田。共通点が見つからない。一体どういった経緯《けいい》で友人関係を築いたというのか、まったく信じられなかった。

悠子ちゃんが夕飯を作っている間、俺は暇《ひま》つぶしにカレンダーを眺めていた。主婦気質《しゅふきしつ》の悠子ちゃんはカレンダーに特売日やゴミの日をメモしていて見甲斐がある。その中にひときわ目立つ赤い丸を見つけて、俺は悠子ちゃんに質問した。

「この日は悠子ちゃんの誕生日？」

お皿を持った悠子ちゃんが突然、ぜんまいが切れたオモチャのように身を硬《かた》くした。俺は聞いてはならないことを聞いてしまったようだ。もし、これが彼女の月の障《さわ》りの周期の印だったら気まずすぎる。

「その日は、お台場《だいば》の花火大会に行ってきたんです」

「一人で？」

「麻紀ちゃんと二人で。楽しかったですよ、本当に綺麗で」

俺の嫌いな女ランキングワースト3入りを果たした越田の名前がまた出てきて、思いきり渋面《じゅうめん》を作った。あれは本当に女なのか。女らしからぬ下世話《げせわ》な冗談を吐《は》くしな。俺の疑いの眼差しに悠子ちゃんは携帯で写真を見せてくれた。

　写真の悠子ちゃんはつばの大きな帽子《ぼうし》を被《かぶ》って、にかっと白い歯《は》を見せて笑っている。その心の底から楽しそうな天真爛漫《らんまん》な笑みと日に焼《や》けた赤い鼻が、俺の目にはひときわ愛らしく映った。

　それに比べて隣《となり》に写っている越田は見るからにあざといこと。三つ編《あ》みにしたこげ茶の髪をハーフアップにして垂《た》れ目の女が楚々《そそ》と微笑んでいる。写真写りを意識した作り物めいた顔に嫌悪感が湧《わ》いた。

　せっかくの花火大会に何故浴衣《ゆかた》を着なかったのか尋ねてみると、浴衣は持っているが着付けができないらしい。ならば俺が覚えるしかない。どうしても浴衣姿の悠子ちゃんが見てみたかった。

「来年はマキちゃんじゃなくて俺を誘ってね。前もって言ってくれれば飛んでくるから」

　それまでに着付けの仕方を完璧《かんぺき》にしておこう。

「な、なな何を仰《おつしや》ってるんですか。家に帰ってくるだけでも時間が掛かるんですよね、申し訳ないです」

　遠慮する悠子ちゃんに寂《さび》しくなった。悠子ちゃんの俺への態度は一向に軟化《なんか》しない。打ち解けたいと思っているのはきっと自分だけなのだ。

　越田とは花火大会に行き、親父とは海に出掛けた。何故、俺の誘いは断られて遠ざけられなければならないのか。不公平だ。どれだけ心を砕《くだ》いても、悠子ちゃんは他人行儀で一定の距離を保とうとする。予想以上のガードの硬さに、俺は疲《つか》れてしまった。

夜になっても帰って来ない悠子ちゃんを、食事を忘れる程心配しても。何者からも守りたいと思っていることも、彼女にとっては煩《わずら》わしいものでしかないのだ。

すぐ傍《そば》にある悠子ちゃんの腕《うで》に手を伸ばす。力を入れたら簡単に折れてしまいそうなか細い腕。俺が危害を加えることなんてできやしないのに——その思いを伝えたくて、優しく包むように撫でた。

「こんなに日焼けして。父さんとは海に行っても、俺とは出掛けたくないのかな」

悠子ちゃんは目を伏《ふ》せて謝った。でも俺が望んだのは謝罪ではない。

「そんな簡単《かんたん》に認めないで」

悠子ちゃんの瞳は戸惑《とまど》いに揺《ゆ》れていた。俺を拒《こば》まないで欲しい。親父に見せたはにかむような笑みや、花火に行った時の目映《まばゆ》い表情を見せて欲しい。悠子ちゃんへの不満が募《つの》り、仄暗《ほのぐら》い感情が頭をもたげていく。

「ねぇ、俺とじゃ行きたくないの？」

そっと傍に近づいて耳打ちすると、

「い、行きます、どこへでもご一緒しますからっ、手を離して下さいぃぃぃ」

悠子ちゃんが泣き叫《さけ》んだ。潤《うる》んだ瞳から一筋の涙《なみだ》が零《こぼ》れて、俺の体温は急速に下がっていった。触れていた悠子ちゃんの腕には鳥肌が立っており、慌《あわ》てて手を離す。腕が自由になった悠子ちゃんは机にうつ伏せになった。顔を隠して泣く姿に俺は心臓《しんぞう》が張り裂《さ》けるような痛《いた》みを覚える。小さく声を上げて泣く悠子ちゃんに俺は何度も謝った。

「ごめんね、ごめんね」

頭を撫でて慰《なぐさ》めようとすると悠子ちゃんは俺の手を叩いて拒絶《きょぜつ》した。触れることも、励ますことも叶《かな》わず俺の手は宙を彷徨う。

こんな時、どうすればいいかわからない。誰かを慰めようと思ったこと自体が初めてだった。その晩、俺はただ悠子ちゃんの周りでおろおろと途方《とほう》に暮れたのであった。

五　妹の爆発

悪夢のような夜が明け、朝一で兄は謝りに来た。扉《とびら》をノックされても開けない。私は今も尚《なお》、兄がセクハラしてきた時の怒《いか》りと羞恥《しゅうち》の間を行き来していた。

「勝手に触《さわ》ったりしてごめんね。怖《こわ》かったよね。今後は気を付ける。だから、どうか許して下さい」

自分の非を認めてくれたのはありがたい。一見、常識人そうな兄が実は意思の疎通《そつう》が困《こん》難《なん》な人だと、昨日の件で学んだ。今後はもう暴走しないでもらいたい。

「こちらこそ、昨夜は心配を掛《か》けてしまい申し訳ありませんでした。私は過度なスキンシップに慣れてないので、そこをご承知おき下さい。昨日のことは水に流すことにします」

蟠《わだかま》りを残しつつも、表面上は許すことにした。ずっと部屋にこもればいいけど、家事があり兄を無視《むし》するのにも限界がある。ならば、ここで一度リセットしてしまった方がいいだろう。

「ありがとう」

扉の向こう側で兄がホッとした声で礼を告げた。お兄さんは心配症？　まったくもって嬉《うれ》しくない。昨日のことを思い出すと背筋《せすじ》が震《ふる》える。昨夜、着信の回数を確認してみたら百回以上兄から電話を掛けられていた。常軌《じょうき》を逸《いっ》しているとしか思えない。麻紀《まき》ちゃんに対する警戒心《けいかいしん》も強いが、何でそこまでうとむのか。会ったこともない相手にまるで積年の恨《うら》みを抱《いだ》いているような態度だ。

来年の花火大会の誘《さそ》いを断れば、誘惑《ゆうわく》するように乙女《おとめ》の柔肌《やわはだ》にさらりと触《ふ》れてくる。兄の手前、スキンシップと言ったが私はあれはセクシャルハラスメントだと認識《にんしき》している。品行方正に見えて、あんな地雷《じらい》を抱《かか》えた人だったとは。今後は刺激しないように気を付けねばならない。

扉の外にいた兄が階段を下りていった音を聞き、ようやく緊張《きんちょう》の糸を解いた。安全を確認した私は、机の上に重ねた週刊誌《し》を手に取ってフラバタを読み始める。現実はつらいことが多すぎる。今の私には二次元の中にしか救いがなかった。

主人公の飛人《たかと》が運動部では御法度《ごはっと》の乱闘《らんとう》事件を起こした理由……それは幼馴染《おさなじ》みである穂積《ほずみ》君の野球の才能に嫉妬《しっと》した生徒が自転車に細工をしているところを目撃《もくげき》したからだった。

私は誰《だれ》に喧嘩《けんか》の理由を聞かれても黙秘《もくひ》を貫《つらぬ》く飛人に、胸《むね》を鷲掴《わしづか》みにされた。長年、穂積君と仲違《なかたが》いしたままだから素直になれない男心——なんというすれ違いロマンス。

『飛人にとって野球はそんなもんだったのかっ』

ベンチに乱入してきた穂積君が飛人の胸《むな》ぐらを摑んだその時、

『てめぇが言える立場かよ』

穂積君の頰《ほお》に飛人が唾《つば》を吐《は》いたところで全腐女子《ふじょし》が興奮《こうふん》した!! 私の愛するカップリングは今週号で爆発《ばくはつ》的に人口が増え、萌《も》えを補充《ほじゅう》するのに一切困らない。

今日は部屋から出たくない。私はパソコンの電源を入れてその後、時間を忘れて穂《ほ》×飛《たか》の動画を探し彷徨《さまよ》う旅人になるのだった。

夏休みも終わりに近づいた頃《ころ》、苛立《いらだ》ちが頂点に達した。私は充分、耐《た》えたと思う。毎日過保護《かほご》な兄に付きまとわれ、私の心は疲弊《ひへい》していた。

「これから外出しますが、明るい内に帰ってきます。電話は絶対にしてこないで下さいね」

バンっと両手でテーブルを叩《たた》くと、出来上がったばかりの朝食をのせた皿がカチャンとぶつかり合った。兄は私の激しい憤《いきどお》りに動揺《どうよう》を隠《かく》せないようだ。

「悠子《ゆうこ》ちゃん、今日は日差しも強いしやめておいた方がいいんじゃない」

その理論だと、日が陰《かげ》るまで外に出られないことになる。私は吸血鬼《きゅうけつき》か。

「貴方《あなた》に自由を奪《うば》われる謂《いわ》れはありません。とにかく今日は麻紀ちゃんと出掛けますから、放っておいて下さい。昼食は冷蔵庫《れいぞうこ》に入れてあります。それでは行ってきます」

麻紀ちゃんの名前を出すと兄の表情は一気に険《けわ》しくなった。その過剰《かじょう》反応にも私は嫌気《いやけ》が差している。

最初の内は、心配も掛けてしまったし、反省の意味も込めて大人しくしていた。しかし、連日の付きまといに鬱憤《うっぷん》が溜《た》まり、いくら温厚な私でも腹《はら》に据《す》えかねた。トイレの前で待ち伏《ぶ》せとか、本気でやめて欲《ほ》しい。家で音姫様《おとひめ》を使う日がくるなんて思いもしなかった。

そんな鬱屈《うっくつ》した日々が続いて、私はハタと気付いた。はじめこそハイスペックな美兄に反論するなんて滅相《めっそう》もありません、と隠《かく》れ腐女子として萎縮《いしゅく》していたが、何も兄の言いなりになる必要はないのだ。

善《ぜん》は急げ、目が覚めた私は麻紀ちゃんに一緒《いっしょ》に同人誌を売りに行こうとメールを送った。返信は秒速だった。ちょうど麻紀ちゃんも私を誘おうと考えていたところだったらしい。うれしい偶然に心がおどる。私は約束を取り付けて、意気揚々《ようよう》と紙袋《かみぶくろ》に本を詰《つ》めていった。


シャバの空気が美味《うま》い。照りつける太陽の熱に汗が滲《にじ》んだが、この解放感を得られるならどんなに暑くても構わなかった。兄が来てからというもの、街に出掛けるという発想が浮《う》かばなかった。どうせ外出したいと言っても兄が反対する、そんな意識が根付いていたからだ。自分でも気付かぬ内に兄にマインドコントロールされていたのかもしれない。

待ち合わせ場所である近所の駅に辿《たど》り着くと、涼しげなワンピース姿の麻紀ちゃんがこっちだよ、と手を振ってくれた。

「両手に紙袋とは、かむちゃんやるねぇ」

「来月にオンリー控《ひか》えてるから減《へ》らしておかないと。それはそうと麻紀ちゃん、締《し》め切り間に合った？」

「うん、ばっちり。かむちゃんのおかげだよ。はいコレ、この前のお礼にどうぞお納め下さい」

まだリクエストしてないんだけどな……。一体どんな絵を描《か》いてくれたのか。麻紀ちゃんから渡《わた》された封筒《ふうとう》の中身を見て、すぐさま中に引っ込《こ》めた。

「かむちゃん今、穂×飛に激ハマりしてるでしょう。わかってるぞ☆　ちゃんとピクシブのブクマ見て傾向《けいこう》調べたから」

「い、いいの。本当に貰《もら》って」

私の声は感動で打ち震えていた。わ、私の大好きな二人が色紙の中から肩《かた》を組んで笑い掛けてくれていた。しかも喧嘩をした後なのか二人共顔は傷《きず》だらけで、そんなストーリー性まで垣間《かいま》見えるカラーイラストだった。飛人はかっこ可愛く、穂積君は文句なしにかっこいい。バクバクと興奮で動悸《どうき》がやまない。私がリクエストしようと考えていた内容以上の萌えだった。

「どうぞどうぞ。そんなに喜んでもらえると、頑張《がんば》って描いた甲斐《かい》があるよ」

「ありがとう、麻紀ちゃん。一生大切にする」

私はいそいそと色紙を背中のリュックの中にしまい込んだ。

「嬉しかったけど、かむちゃんから誘ってくれるなんて珍《めずら》しいよね」

「……その話は長くなるから。とりあえず電車に乗ろうか」

じりじり炎天下《えんてんか》の日差しを浴びていると早くも肌が痛《いた》み始めた。麻紀ちゃんは私の言葉に頷《うなず》いて、二人で駅舎に入っていった。

私は目的地に着くまで、延々と兄の話を愚痴《ぐち》っていた。麻紀ちゃんが聞くに堪《た》えないと眉《まゆ》を顰《ひそ》めたら話すのを躊躇《ためら》っただろうが、嬉々《きき》として聞いてくれるものだからつい話し続けてしまった。

「へぇ、そんなことになってたんだ。電話した時も思ったけど、萌えの引き出しが多いお兄様だよね」

私の語り尽《つ》くした不満も、麻紀ちゃんに掛かればその一言で済《す》まされてしまう。その器の大きさを私も見習いたいものである。

「最初は私も頑張ってたんだよ。でもさ、あの人が家にいるんじゃ漫画《まんが》もアニメも見れないし……制約が多すぎて息苦しい」

「でもそれってお兄様が禁止したわけじゃないんでしょう。そんな大変な思いまでして腐女子を隠さなくてもいいんじゃない。意外と受け入れてもらえるかもよ」

じゃあ、受け入れてもらえなかったらどうするんだ。赤の他人ならまだしも、家族なのだ。あのきらきらしい美青年を前に、

「この漫画の男の子達で恋愛《れんあい》を妄想《もうそう》するのが趣味《しゅみ》で、それを生き甲斐にしてるんですって麻紀ちゃんなら言える？」

「言えるよ。お兄様、かむちゃんには甘《あま》そうだしカミングアウトしてもいいんじゃないかと思ったんだけど。そう簡単《かんたん》に理解されてもアンタに腐女子の何がわかんのって気持ちもあるよね。まっ、今日は一旦、お兄様のことは忘れてはしゃごうよ」

「……うん、そうする」

麻紀ちゃんに励《はげ》まされてしまった。せっかく外に出て趣味に浸《ひた》れるのだから、麻紀ちゃんの言う通り、楽しまなきゃ損だろう。私は一時、悩《なや》みの種を頭の隅《すみ》に追いやり薄《うす》い本が所狭《ところせま》しと並ぶ本屋の入り口を潜《くぐ》って行った。

地下のお店から階段を上がると、私の心は澄《す》みきった空のように晴れ渡っていた。BL最高！　夏コミ後で入荷も多く、展示会場で手に入れられなかった本を見つけた時は、舞《ま》い上がってしまった。紙袋いっぱいに本を詰めて売りに行き、売った分だけまた買ってしまう。元の木阿弥《もくあみ》とはまさにこのことである。

携帯《けいたい》の時計を見れば、お昼の時間を大幅に過ぎていた。どこで食べるか麻紀ちゃんに聞

いてみると、近くに安くて美味《おい》しいファミレスがあるという。文句なしでそこに決まりだ。二人できゃっきゃと収穫《しゅうかく》を報告し合いながら歩いていると、麻紀ちゃんは一点を指差して立ち止まった。

「かむちゃん、あ、あそこに萌えるカップリングがいる」

時々、こうやって彼女はリアルで妄想を始める。いつだか、麻紀ちゃんが体育館で「王道転校生っ……」と呟《つぶや》き鼻血《はなぢ》を流して倒《たお》れた強者《つわもの》だと部長から聞いた時は本気で驚いた。

私はどうどう、と興奮する麻紀ちゃんを落ち着かせるように背中を撫《な》でた。

「私にはノンケ受けとヤクザ攻め、或《ある》いは尽くし攻めとクーデレ女王受けに見えるんだけど……」

妄想力逞《たくま》しい麻紀ちゃんの指差す先を見て、目を剝《む》いた。ファミレスの窓際の席に座る二人組の内の一人は黒髪ツンツン頭の男の人。もう一人は黒い帽子《ぼうし》を被《かぶ》りサングラスを掛けていていつもと雰囲気《ふんいき》が違うけど……あの人が着ている黒いシャツ、洗濯《せんたく》した記憶《きおく》がある。私は腕《うで》でごしごしと目を擦《こす》った。その黒づくめの男性がスッとサングラスを外してテーブルに置く。晒《さら》された美貌《びぼう》に麻紀ちゃんがキャーッと拳《こぶし》を振りながら歓声《かんせい》を上げた。

ややややや、やっぱり。でも何であんな所に兄が。

「ねぇ、かむちゃん。どっちに見える」

私は麻紀ちゃんの質問に答えられないまま、ファミレスの前で茫然《ぼうぜん》と立ち尽くしていた。

六 兄の暴走

「いきなり呼び出されたと思えば、こんなことに付き合わされるとは」

電車に揺《ゆ》られながら、貴士《たかし》が後ろでぶつぶつ文句を言っている。俺《おれ》は今、他のことに集中しているのだ。話し掛《か》けないで欲《ほ》しい。

「無視《むし》するなって。俺は和泉《いずみ》がメシ奢《おご》ってくれるっつーからここまで来たんだぞ。何でお前のストーカー行為《こうい》に付き合わされているのか」

「ストーカーじゃない。見守ってるだけだ」

「正当化したってやってることは同じだろ‼」

まったく溜息《ためいき》をつきたいのはこっちの方だ。俺は振り返ってボスッと貴士に肘《ひじ》打ちを決めた。見事に鳩尾《みぞおち》に入り貴士は「いってぇ」とお腹《なか》を押さえている。

「うるさい、悠子《ゆうこ》ちゃんに気付かれるだろ。ご飯はあとでちゃんと奢るから見つからない努力をしろ」

「理不尽《りふじん》だ」

悠子ちゃんならまだしも、貴士に涙目《なみだめ》で見上げられても気持ち悪いだけだ。俺は視線を元に戻《もど》して、隣《となり》の車両で話す悠子ちゃんと越田《こした》の姿を目で追《お》った。

ことの始まりは今朝だった。俺はいつものように朝食をとろうと階段を下りていった。今日のご飯は何かな、と悠子ちゃんの後ろからお鍋《なべ》を覗《のぞ》くと、おたまを握《にぎ》ったエプロン姿の悠子ちゃんにギンッと睨《にら》まれた。え、何かしたっけ。心当たりがない。

食事の準備を終えた悠子ちゃんは、俺の前に座《すわ》って怒《いか》りを爆発《ばくはつ》させた。

「これから外出しますが、明るい内に帰ってきます。電話は絶対にしてこないで下さいね」

そうお願いされても外は危険だ。この物騒《ぶっそう》な世の中、不安要素が多すぎて、快く送り出せない。今日は日差しが強いからやめておいたらと言えば、余計に悠子ちゃんの怒りのボルテージを燃え上がらせてしまった。

「貴方に自由を奪《うば》われる謂《いわ》れはありません。とにかく今日は麻紀《まき》ちゃんと出掛けますから、放っておいて下さい。昼食は冷蔵庫《れいぞうこ》に入れてあります。それでは行ってきます」

悠子ちゃんは俺に行き先を告げずに、すたすたと外へ出て行ってしまった。

心配は尽《つ》きない。何といっても相手はあの越田だ。いかがわしい場所に連れ込まれるかもしれない。そう思った瞬間《しゅんかん》、俺の心は決まっていた。――悠子ちゃんのあとをつけよう。

しかし、尾行《びこう》がバレれば悠子ちゃんの怒りの炎に油を注ぐだけだ。そうなった時のために言い訳を用意しておかねばならない。そう考えて呼び出したのが、友人の貴士だった。

「別に俺いらなくないか」

「いる。お前といれば友達と遊びに来てるだけだって偶然《ぐうぜん》を装《よそお》えるだろ。俺は見つかる可能性が高いからな」

「それはわかるけどよ。黒い帽子《ぼうし》に黒い服着て、サングラスまでして普通《ふつう》の奴《やつ》がやったら不審者扱《ふしんしゃあつか》いだけど……既《すで》にイケメンオーラを嗅《か》ぎつけた女がハイエナのように群がって来ている。流石《さすが》だな、和泉」

一応、俺は一目で悠子ちゃんに露見《ろけん》しないように変装《へんそう》してみたのだ。帽子で明るい髪《かみ》を隠《かく》し、サングラスを掛け、目立たぬように黒いVネックのTシャツ。腰《こし》にはグレーの格子《こうし》のネルシャツを巻いてみた。

「悠子ちゃん、どういうわけかすごい怒ってるんだよ。自由を奪うなとか。別に心配してるだけであってそんなつもりないのに」

「俺はわかるぞ。妹ちゃんの気持ちがよーくわかる。こんな兄がいたらウザいに決まってる」

「悠子ちゃんはウザいなんて粗野《そや》な言葉は使わない」

「はいはい、そうかよ」

貴士は呆《あき》れたように肩《かた》を竦《すく》めた。感じの悪い奴だ。悠子ちゃんが電車から降りたので、俺達も慌《あわ》てて閉まりそうなドアから飛び出る。

「なぁ、妹ちゃんが持ってる紙袋《かみぶくろ》って何入ってんの」

「重そうにしてるから本とかじゃないか」

悠子ちゃんは時々、地面に紙袋を置いて休憩《きゅうけい》していた。すぐさま駆《か》け寄って俺が持つよ、と助けてあげたくなる。

「こんな所までわざわざ持ってくるなんてすごい根性だな」

俺も貴士と同様、悠子ちゃんが何を持っているか気になっていた。それも後をつけていけば何かわかるだろうと考えている。

電車に乗っていた時間は一時間。辿《たど》り着いたのは若者の多い繁華街《はんかがい》だった。

「あのぅ道に迷っちゃったんですけど、教えてもらえますか」

早速二人連れの見知らぬ女が近づいてきた。塗《ぬ》りたくったファンデーションに、甘《あま》ったるい香水の臭《にお》い、人工的な睫毛《まつげ》にはダマがついている。……気持ち悪い。俺は咄嗟《とっさ》に貴士の背中を押して生贄《いけにえ》に差し出した。

「あぁ、ごめんねぇ。俺達もそんなに詳《くわ》しくないから。他あたってくれないかな」

ダメだ。そんな断り方ではこの女達は引かない、確信がある。

「じゃぁ、良かったら一緒にカラオケでも」

「行くぞ」

貴士の首根っこを摑《つか》まえて、悠子ちゃんが歩いて行った方へと引っ張った。女達に足止めされている間に、どんどん悠子ちゃんが遠ざかっていく。

待ってよと女達が追い掛けてくる。誰《だれ》が待つか。しかし、運の悪いことに赤信号に捕《つか》まってしまい、俺は焦《あせ》った。かろうじて捉《とら》えていた悠子ちゃんの後ろ姿が、人混みに紛《まぎ》れて遂《つい》に見えなくなる。話し掛けてくる女達を無視して、俺はがっくりと肩を落とした。

隣では貴士が不憫《ふびん》そうな目で項垂《うなだ》れる俺を見ていた。


「お待たせ致《いた》しました。ほうれん草とベーコンのドリアと日替わりランチです」

貴士は注文した食事をがつがつ食べ始めた。その様子はまるで欠食児童のようだ。聞けば朝から何も食べていないという。俺は話を聞いて納得した。

「それにしてもお前、随分《ずいぶん》妹ちゃんに入れ込んでるなぁ」

「入れ込んでる？　心配なだけだよ」

俺は珈琲《コーヒー》を飲みながら、貴士の言葉に首を傾《かし》げた。

「言っちゃ悪いけどそんな心配する程、可愛くもないだろ」

瞬間、強い憤《いきどお》りを覚えた。びくっと貴士が怯《おび》えた目で俺を見る。どうやら失言だったと察したようだ。

「悠子ちゃんが可愛くないだと。お前の目は節穴かっ!!　悠子ちゃんは一見、何の変哲《へんてつ》もないような子に見えても、隠しているだけであって実はとぉってても可愛い子なんだよ」

俺もぱっと見た時は普通の子に見えた。でも可愛くないとは微塵《みじん》も思わなかった。

「前髪で隠れてるけど奥二重《おくぶたえ》で、化粧《けしよう》っけのない綺麗《きれい》な肌《はだ》とか、髪も艶《つや》やかで……」

実はスタイルだっていい。彼女の眼鏡《めがね》や服装《ふくそう》がその素の可愛さを覆《おお》い隠して、地味な印象に見せているだけだ。

「いや、それお前しか知らないから」

「知ってたりしたら許さない」

すっと拳《こぶし》を振り上げると、貴士は眉《まゆ》を八の字にしてごめんごめんと両手を合わせて謝ってきた。まったく、貴士じゃなかったら顔が原型を留められなくなるくらい殴ってやるところだった。

「はぁ、悠子ちゃんの可愛さを一晩掛けて語ってやりたいけど、何だかそれも勿体《もったい》ない」

俺だけが知っていればいいとも思ってしまうのだ。あの狼狽《うろた》えた時の真っ赤な顔とか、お腹《なか》でキュッとリボンを蝶々結《ちようちよ》びにしたエプロン姿とか、寝起《ねお》きのくるんとした寝癖《ねぐせ》とか、可愛くて仕方がない。

「和泉、今お前どんな顔してるか自覚ある?」

きっと締《し》まりのない顔をしていたのだろう。悠子ちゃんのことを考えると顔がにやけてくる。俺はその問いに軽く頷《うなず》いた。

「じゃあさ」

貴士がきりっと真剣な表情をして、机の上に両肘を置いて手を組んだ。

「一目惚《ひとめぼ》れって、信じるか」

「本気で気持ち悪い」

ぞわわわわぁと鳥肌が全身に立った。貴士、お前はノーマルだと信じていたのに、そうじゃなかったのか!!　咄嗟に距離《きより》を取った。

「っちがっ、そういう意味じゃねぇよ。お前の妹ちゃんに対する執着《しゅうちゃく》はさぁ、普通に妹に向ける感情じゃないと思ってだな。誤解するな」

「は、何言ってるんだ。悠子ちゃんは妹だからいいんだよ」

俺は貴士の無粋《ぶすい》な勘《かん》ぐりを鼻で笑った。悠子ちゃんとは兄妹だからこそ一緒にいられるし、同じ家で暮らすことが許される。それ以外の不安定な繋《つな》がりなど必要なかった。

今頃《いまごろ》、悠子ちゃんは何をしているのだろう。何気なく、外に目をやると窓の外に悠子ちゃんの姿が見えた。俺と貴士を凝視《ぎょうし》する越田の腕を悠子ちゃんが必死に引っ張っている。

「見つけたから、ちょっと行ってくる」

俺は席を立って、ファミレスから走り出していた。

「……和泉って意外と鈍《にぶ》かったのな」

呆れた様子で貴士がそう呟《つぶや》いていたのを俺は知らない。

「悠子ちゃん、どこ行ってたの」

越田の背中に隠れた悠子ちゃんに詰《つ》め寄った。悠子ちゃんの盾《たて》になった越田は手を合わせて俺を拝《おが》み続けている。意味がわからない。

「どこって……もしかして、私達の後をつけてきてたんですか」

ぎくり。悠子ちゃんの懐疑《かいぎ》的な瞳《ひとみ》を受けて俺は平静を装った。

「ん？　俺は友達と一緒に遊びに来てるだけだよ。こんな所で会うなんて奇遇《きぐう》だね」

「本当に偶然《ぐうぜん》ですか。お友達の姿も見えないみたいですけど」

しまった、貴士をファミレスに放置してきてしまった。こういう時のために呼び出したのに肝心《かんじん》な時にいないとは。

「信じて、本当に友達と来てるんだ。そいつ今ファミレスにいるから、せっかくだから一緒に食事しない？　悠子ちゃんのお友達の分も奢るからさ」

本音を言えば越田はいらないが、友達思いの悠子ちゃんだ。こうでも言わないと頷いてはくれないだろう。

「え、遠慮《えんりょ》しま」

「はい、ぜひご一緒《いっしょ》に食事させて下さい。お兄様」

悠子ちゃんの言葉を遮《さえぎ》って越田が一歩前に出た。その分、俺は一歩後ろに後ずさる。俺の妹は悠子ちゃんだけだから。お兄様って何。

ニタニタと、越田が浮かべる不気味な笑みにぶるりと震えあがった。荒い息をしながらヤンデレゼメサイコーと謎《なぞ》の言葉を吐《は》いている。錯乱《さくらん》しているのか？　これは本格的に病院に行った方がいいんじゃないだろうか。

「救急車呼ぼうか」

「大丈夫ですよ。これは麻紀ちゃんの持病なんで。病院に行っても治りません」

悠子ちゃんは冷静だった。どうやら越田の病状を理解しているようだ。興奮《こうふん》状態の越田の背中を優《やさ》しく擦《さす》って落ち着かせようとしている。

仲睦《なかむつ》まじい二人を見ながら、越田を好きになれない理由を唐突《とうとつ》に理解した。

電話の時もそうだった。悠子ちゃんは越田に振り回されながらも最後には仕方がないな、と慈愛《じあい》に満ちた表情を浮かべた。あれは決して自分には向けられることのない笑みだった。羨《うらや》ましいのと同時に、堪《たま》らなく越田が妬《ねた》ましかったのだ。三人でファミレスに向かいながら、狂おしい感情を胸の内に押し隠した。

「あの、座る席を換えてもらいたいんですけど」

「俺の隣が一番安全だからね。はい、メニュー。甘いものでも何でも好きなの選んで」

ファミレスに入ると、俺は窓際の席に悠子ちゃんを座らせてその隣に腰を下ろした。この席を越田にも、ましてや貴士にも譲《ゆず》る気はない。

「じゃあ、俺はバナナパフェ追加」

「貴士、お前には言ってない」

パシンとメニューで貴士の頭を叩《たた》くと、貴士の隣に座る越田がごふっと噴《ふ》き出して手で口を塞《ふさ》いだ。叩いたのは越田じゃないんだが……。この女の反応は理解不能だ。

「急に連れてこられたから妹ちゃんが戸惑《とまど》ってるだろ。俺は和泉の友達の佐藤《さとう》貴士。今日はごめんね、ショッピングの邪魔《じゃま》しちゃって」

「い、いえ今日の買い物は済《す》みましたから気にならさないで下さい」

「いい子だなぁ、妹ちゃんは。それに比べて和泉は、突然休みに俺を呼び出して何をさせるかと思えば……」

ちらり、恨《うら》めしげに睨む貴士を俺は無視した。貴士の隣の不審人物は、フビンウケごちそうさまです、とまだ何も食べていないのに真っ赤な顔でサムズアップする。どんな持病の癪《しゃく》なんだ、これは。

「突然の呼び出しって、もしかして……偶然を装うために佐藤さんを呼んだんですか。家を出る時に言いましたよね、私のことは放っておいて下さいって」

貴士め、余計なことを。俺は胸中で舌打ちしながら開き直ってみせた。

「俺は同意した覚えはないよ。第一、悠子ちゃんは何でそんなに嫌《いや》がるの。何か疚《やま》しいことでもあるのかなぁ」

心当たりがあるのか悠子ちゃんは一瞬《いっしゅん》、言葉に詰まりながらも反論した。

「っプライバシーの侵害《しんがい》です。隠しごとのひとつや二つは誰にだってありますよ。貴方《あなた》だって知られたら困ることくらい」

「ないよ。悠子ちゃんが聞くなら何でも答えてあげる」

言い争いを始めた俺達に、貴士と越田がコソコソ話を始める。

『今の和泉、浮気《うわき》を責める夫みたいだったよね』

『やっぱりそう思いますか。亭主関白、時代錯誤《さくご》で萌《も》えます』

外野が五月蠅《うるさ》い。じろりと睨めば二人は慌てて俺から目を背《そむ》けた。

「私は何でも答えるなんて言えません。家族

の枠《わく》に嵌《は》められても貴方と私は何もかもが違いすぎる。理解し合えるとは到底《とうてい》思えない。優しくしてくれなくていいですから、これ以上踏《ふ》み込んでこないで下さい。私はこれまでも一人で何とかやってきたんですから」

悠子ちゃんは俯《うつむ》きながら、膝《ひざ》の上で拳をぎゅっと握っている。それは初めて会った時と変わらない、緊張《きんちょう》で固まった手だった。

「そっか、でも俺は優しくしたいんだよ。悠子ちゃんの理想の家族になりたい」

「なれません。私は普通の人が良かった。スキンシップ過多で、お世辞《せじ》ばっかり口にして、何なんですか、信用できないんですよっ。もっと言えば私は兄じゃなくて弟か妹が欲しかったんです!!」

そんな無茶苦茶なと思いつつ口元が緩《ゆる》んだ。不謹慎《ふきんしん》かもしれないけど泣きそうな声でぷりぷり怒って真情を吐露《とろ》する悠子ちゃんは死ぬほど可愛かった。

くっ、我慢《がまん》だ。伸ばしかけた手を、理性を総動員して抑《おさ》える。俺は悠子ちゃんの顔を覗いて乞《こ》うた。

「普通を知らなくてごめんね。俺は初めて会った時からお世辞を言っているつもりはないし、スキンシップは嫌がらせじゃなくて純粋に触れていたかっただけなんだ。良かったら悠子ちゃんが教えてくれないかな。君にとっての普通って何？　何が好きで何が嫌《きら》い？　悠子ちゃんはどんな男がタイプで俺のどこが苦手？」

矢継《やつ》ぎ早《ばや》に質問する俺に、悠子ちゃんはこれ以上ないくらい顔を赤く染《そ》めてしゃがみ込んでしまった。

「そういうところが嫌なんですよぉぉっ」

机の下を覗き込むと地震《じしん》が来たかのように頭を抱《かか》えてぷるぷると体を縮こめている。怖《こわ》がらせるつもりはなかったんだけど……。

向かい側から覗いているジト目の貴士と視線がぶつかる。その責めるような目つきに、俺はばつの悪さから顔を逸《そ》らした。

「あの、ご飯美味《おい》しかったです。ごちそうさまでした」

越田がぺこりと頭を下げて、悠子ちゃんと一緒にファミレスを出て行った。貴士と俺は二人を見送った後、元の席に座って向かい合う。貴士は長い長い溜息をついてから容赦《ようしゃ》ない一声を放った。

「お前、浮かれすぎ」

「悠子ちゃんが可愛すぎるんだ」

この前のスキンシップで悠子ちゃんを泣かせて以来、悠子ちゃんに触《さわ》るのは控《ひか》えている。何度も禁断症状に襲《おそ》われながら耐《た》え抜いている自分を褒《ほ》めたい。

「開き直るな、最初から最後までクライマックスだったじゃねぇか!!　妹ちゃんのペースに合わせてやれよ。年上の余裕《よゆう》はどこに行った」

「余裕なんて、最初からない」

「お前はあの子のトラウマになりたいのか、違うだろう」

俺が、悠子ちゃんのトラウマに？　息を飲んだその刹那《せつな》、過去の記憶《きおく》が頭を掠《かす》めた。俺の手足を縛《しば》ってベッドに括《くく》り付けた看護師《かんごし》や、トイレの個室に閉じ込めて悪戯《いたずら》しようとした教師の姿が脳裏《のうり》を過《よぎ》る。俺は溢《あふ》れ出る記憶の蓋《ふた》を必死に閉じた。

俺は気付かない内に、自分がされたことと同じようなマネをしようとしていた……？

自分のしたことの重大さに気付いて頭が真っ白になった。

「あやまりに、謝りに行かないと」

今度こそ許してもらえなくなる。フラフラと立ち上がると貴士に止められた。

「今行っても無駄《むだ》だぞ。ちゃんと妹ちゃんの言葉に耳を傾けろ。お前の自慢《じまん》の頭脳はどこに行ったんだ」

「悠子ちゃんに嫌われたくない。どうすればいい。何をすれば許してもらえる」

彼女が関わると箍《たが》が外れる。それは少し前から気付いていた。

俺から見た悠子ちゃんはあまりに無防備《むぼうび》で目が離せなかった。内向的で、嘘《うそ》が苦手で、お人好しで、よくもあんなに弱点を晒《さら》して生きていけると思う。悠子ちゃんを知れば知る程、不安になった。世間が信じられない。俺は周囲に対してどんどん疑心暗鬼《ぎしんあんき》になっていった。危険だと判断すると悠子ちゃんの言葉さえ信じたいのに信じられなかった。

「俺にだけ心を開いてくれない。親父も、越田でさえ許されるのに。自分は何もさせてもらえない」

俺は彼女に、恐怖《きょうふ》しか与えられないのか。いくら考えてもわからない。

「……妹ちゃんじゃなくても怖いと思うぞ。お前、病的だよ」

病的？　貴士の言葉に俺はきょとんと首を傾げた。

「それも相当性質《たち》の悪い不治の病《やまい》だ。お前が自覚してない分、妹ちゃんは余計にお前が怖いだろうな。俺はさ、お前が妹ちゃんを大好きなのを知ってるけど、彼女は何も知らない。できたばかりのやけにかっこいい兄がわけもわからず急接近してきて、セクハラしてきたり、ストーカー行為に及《およ》んだり、束縛《そくばく》してくる。どう考えたって怖いだろっ」

貴士の客観的な意見を聞いて、じっくり意味を咀嚼《そしゃく》して、言葉を飲み込んでいく。視界がどんどん開けていった。覆っていた暗雲《あんうん》が消え去って、何をすべきなのかすっと理解した。

俺は持て余した感情を衝動《しょうどう》の赴《おもむ》くままぶつけているだけだった。ちゃんと言葉にして伝えれば良かったのだ。何が不安で心配で、どこが好きで愛しいのか。

「わかった、気がする」

「わかれよ。お前じゃなくて妹ちゃんが可哀想《かわいそう》だ」

俺はこくりと頷いて、財布からお札を取り出した。オーダーより多めの額を貴士の前に置く。騙《だま》すように呼び出したにもかかわらず、最後まで付き合ってくれた上に助言までしてくれた貴士へのせめてもの礼だった。

ところが貴士はずずっと多い分の金を返してきた。それをまた貴士に突《つ》き返す。

「貰ってくれ、これで野球観戦にでも行けばいい」

「……お前は馬鹿《ばか》だなぁ」

貴士は頭をぽりぽりと掻《か》いて、片手を上げた。それに気が付いた店員がご注文ですか、と尋《たず》ねてくる。貴士は次々とメニューを指差した。

「もう少し付き合ってやる、お前は突拍子《とっぴょうし》もないことをするからな。順序立てて作戦を練ろう」

「助かる。貴士がルームメイトで良かった」

気付くのが遅ぇんだよ、と貴士は笑った。確かにそうかもしれない。俺は友人の存在に感謝しながら苦い珈琲を口にした。

七 妹の不覚

目が覚めたら、夏休みが終わっていた……なんて、そんな都合のいい奇跡《きせき》は起きなかった。私は目覚ましを止めてベッドから起きあがった。昨日はファミレスから帰って来てすぐに布団に入って寝《ね》た。昨日の私はせっかく手に入れた同人誌《どうじんし》を読む心のゆとりもなかった。

兄に言いたいことを言ってすっきりしたはずなのに、ちっとも心が軽くなっていない。それはきっと何も解決に繋《つな》がった気がしないせいだ。昨日だって兄は私を噛《か》みついてくるペットのようにしか思ってなかった。人が真剣に怒っている間もニヤニヤ笑いおって。

とりあえず髪《かみ》だけ結んで、パジャマのまま部屋を出た。簡単《かんたん》に朝食だけ作ってすぐに部屋に戻《もど》ろう。あくびをしながら階段を下りると横からフラッと兄が幽鬼《ゆうき》のように現れた。着ている服は昨日と同じだし、目の下には微《かす》かに隈《くま》が見える。もしかしたら一睡《いっすい》もしてないのではないだろうか。

「許してくれとは言わないから、話を聞いて欲《ほ》しいんだ」

いつもの後光はどこに消えたんだ。悲壮感《ひそうかん》が溢《あふ》れた別人のような兄に困惑《こんわく》を隠《かく》せない。

「あの、顔色悪いですよ。大丈夫ですか」

「平気だよ。話はリビングでしようか」

断れるような雰囲気《ふんいき》ではない。私は朝食を作るのは後回しにして、兄の話を優先することにした。


「まず、ごめん。昨日も謝ったばかりだけどもう一度謝りたかったんだ」

「はぁ」

ダイニングテーブルの椅子《いす》に向かい合って座ると、兄は深々と頭を下げた。兄が家に来てから色々あった。友人への暴言にマインドコントロール、不在着信の嵐《あらし》に過剰《かじょう》なスキンシップ。何について謝られているのかがわからなかった。

「悠子《ゆうこ》ちゃんに俺《おれ》の心配は押しつけだって言われたけど、心配してた気持ちに嘘《うそ》はないんだ。ただ、神経が過敏《かびん》になっていたから驚《おどろ》かせてしまったね」

ああ、そのことか。苦悶《くもん》に満ちた表情で語り始めた兄に私は姿勢を正した。

「……俺にはね、寮《りょう》に入るまで常にストーカーがいたし、誘拐紛《ゆうかいまが》いのことをされた経験もある。そんな俺にとって寮の外は危険地帯でしかなかった。だから、夜中に電話を掛《か》けてきて悠子ちゃんを呼び出す友達が不審《ふしん》に思えてならなかったし、悠子ちゃんが外を出歩くのも心配で、なるべく家にいて欲しかった。俺は悠子ちゃんと昔の自分を重ねて見てたんだ」

え、と息を飲む。兄の口から飛び出してきた壮絶《そうぜつ》な経験談に驚きを隠せなかった。さぞやもてはやされて楽しく生きてきたんでしょうよと穿《うが》った目で見ていた自分が急に恥《は》ずかしくなった。

現実的に考えて、見目麗《うるわ》しい稀代《きたい》の美青年がストーカーや誘拐犯と無関係な生活を送れるだろうか。痴漢《ちかん》に遭《あ》うことだって盗撮《とうさつ》だって、日常茶飯事《さはんじ》だっただろう。むしろ何故《なぜ》、そこまで考えが及《およ》ばなかったのか。

一緒《いっしょ》に暮《く》らすようになって、徐々《じょじょ》に顕在《けんざい》化してきた兄が持つ歪《ゆが》み。おびただしい着信履《り》歴《れき》や家にいるのが当然とばかりの洗脳《せんのう》、思い出す度に背筋《せすじ》がぞっとする。妹の友人にすら神経を尖《とが》らして警戒《けいかい》する兄は心配性で片づけられる範疇《はんちゅう》ではなかった。しかしあれは長年の被害によって植え付けられた防衛本能だったのだ。

「……だけど、その心配は取り越《こ》し苦労に過ぎませんよ。平凡《へいぼん》以下の私をつけ狙《ねら》うような物好きはいません。これまでだってそういった犯罪者とは無縁《むえん》の生活でしたから安心して下さい」

兄の話に同情はするし、理解もした。けどそれとこれとは別だ。

美形の兄と十人並みの私をどうしたら同一視できるのか。その思考のプロセスが不思議《ふしぎ》でならないがここで説得できなければ監視《かんし》の目は続く。イベントにだって行けなくなるかもしれない死活問題だ。それだけは何としても阻止《そし》したかった——がしかし、やはり兄は一筋縄《ひとすじなわ》ではいかない人だった。

「悠子ちゃんは、根本的に自分の魅力《みりょく》がわかってないよね」

「私に魅力なんてものはじめから存在しません。目が曇《くも》ってるんじゃないですか」

眉根《まゆね》を寄せて苦笑する兄に私は吐《は》き捨《す》てた。

「そうやって自分から目を背《そむ》けてるから、その無自覚さが俺には危うく見えて仕方がないんだ。もっと自信を持って自分を大切にして。悠子ちゃんは料理上手で、友達思いだし、素直でいいところが沢山《たくさん》あるよ」

また得意のお世辞攻撃《せじこうげき》か。ジェントルマンもいい加減《かげん》にして欲しい。この人は、私がどれだけ気持ち悪い腐女子《ふじょし》なのか知らないから言えるのだ。顔が赤く染《そ》まるのを懸命《けんめい》に堪《こら》えながら自分に言い聞かせた。

「悠子ちゃんは、自分のことを可愛くないって思っているのかもしれないけど、俺にとって誰《だれ》よりも可愛い妹だから——俺の本気、わかって欲しいな」

動揺《どうよう》する私を兄の眼がまっすぐ、捉《とら》えて離《はな》さない。その顔は真剣そのもので嘘偽《いつわ》りを口にしているようにはとても見えなかった。

えっこの人、お世辞じゃなくて本気でそう思ってるのか！

そう答えが脳に辿《たど》り着いた瞬間《しゅんかん》、ボンっと一気に体温が上昇した。思わず立ち上がるとガタンと椅子が後ろに倒《たお》れた。私は危険を察知して、べたっと壁《かべ》に張り付く。兄はそんな私の様子を見て、口元に手を当ててくすくす笑った。

「やっぱり可愛いなぁ」

理解したくないと脳が訴《うった》えていた。私を陥《おとしい》れようとしているヒットマンに恐《おそ》れ戦《おのの》いていると、兄が思い出したように呟《つぶや》いた。

「ねぇ、今夜見たい番組があるんだ。悠子ちゃんも一緒に見ようよ」

こ、今夜……私の中には毎週楽しみにしている某《ぼう》野球アニメしか浮かんでこない。まさか、私の擬態《ぎたい》は完璧《かんぺき》だったはず。私は浮かんできた憶測《おくそく》にぶんぶんと首を振った。

「きっと悠子ちゃんも好きだと思うよ」

それってつまり――微笑《ほほえ》みながら爆弾《ばくだん》を落とされて別の意味でドキドキバクバク、思考回路がショート寸前だ。

今夜、私はどうなってしまうのか。ずるずると壁伝いにしゃがみ込んで乾《かわ》いた声を漏《も》らす私を、兄は頬杖《ほおづえ》をつきながら愉《たの》しげに眺《なが》めていた。


「ただいま～悠子、いいコにしてたかしらぁ？」

旅行から帰ってきた母親は面白がりながら私の顔を覗《のぞ》いた。美兄と二人きりで過ごしたこの二週間は苦行でしかなかった。私の性格を把握《はあく》している母親の無神経な質問に思わずムッとした。私がどれだけ両親の帰りを待ち望んでいたことか。

兄と仲良くフラバタ鑑賞会《かんしょうかい》とかさ、拷問《ごうもん》だったよ……！

どのキャラが好きなのとか、どのシーンが一番感動したのとか、兄は根掘り葉掘り私の趣向《しゅこう》を聞き出そうとするのだ。一番好きなのは普段《ふだん》は落ち着いた態度だけど飛人《たかと》のことになると熱くなっちゃう穂積《ほずみ》君で、飛人と喋《しゃべ》ってるシーンは全部好き！　って言えるかぁぁあっ。

兄の質問にはできるだけ模範《もはん》解答を心掛けたが不安は拭《ぬぐ》えない。

「悠子ちゃんはちゃんといいコにしてましたよ。食事は俺の好みも考えて作ってくれるし、悠子ちゃんはいいお嫁《よめ》さんになれるね」

聞かれたのは私ですが……？　隣《となり》に立つ兄が勝手に母の質問に答える。この褒《ほ》め殺《ごろ》しに慣れてきた自分が怖《こわ》い。耳にタコができるくらい可愛いと口にするので、最近は身内の欲目だと思うことにして折り合いをつけた。

「和泉《いずみ》、悠子ちゃんが困ってるだろう。妃《きさき》さんも悠子ちゃんをからかわない」

母の後ろから現れた父が助け船を出してくれてホッと息を吐いた。この人は私の心情をしっかり理解してくれている。

「おかえりなさい、お父さん。帰ってきてくれて本当に嬉《うれ》しいです。どうぞ、荷物を預かりますよ。お風呂沸《わ》かしておきましたけど、先に食事にしますか」

「わぁ、大歓迎《かんげい》だね。ありがとう、じゃあ先にお風呂を頂《いただ》こうかな」

父の大きな手が私の頭を撫《な》でようとしたその時、パシンとその手は払われた。——横にいた兄の手によって。

「悠子ちゃんに勝手に触《さわ》っちゃダメ」

おい、いつから貴方《あなた》の許可制になったんだ。ちょっと前まで散々私に触《ふ》れてきた所業を忘れたとでもいうのか。少しは我《わ》が身を振り返って欲しい。

「……嫌《いや》な予感してたんだよなぁ」

父は困った顔をしてぽりぽりと頭を掻《か》いた。

「あら、そういうこと」

母は口に手を当てて驚いている。不吉な父の発言に母は何かを察したようだ。夫婦で以《い》心伝心《しんでんしん》してないで説明をプリーズ。答えを求めて兄を見上げると兄も正解がわからないようだった。両親は首を傾《かし》げる私達をただ微笑ましげに見ていた。


夏休みの最終日、兄は寮に帰っていった。

「また休みになったら来るからね」

嬉しそうに見送る私に兄は切なげに顔を歪《ゆが》めた。遠距離恋愛《えんきょりれんあい》の恋人でもあるまいし。熱視線《しせん》を浴びながら、「別に、来なくてもいいです」と私は憎《にく》まれ口《ぐち》を叩《たた》いた。

「そんなこと言わずに、ね？」

まるで私の照れ隠しを見抜いているように、兄は柔《やわ》らかな笑みを浮かべた。

唇《くちびる》を噛んで俯《うつむ》く。こんなにも容易《たやす》く翻弄《ほんろう》されてしまうのが悔《くや》しい。

やはり兄は、異性への免疫《めんえき》力ゼロの私にとって恐るべきリア獣《じゅう》であり強敵だった。


二学期が始まって最初の土曜日、私は家のソファで判子と財布を持ってそわそわしながら待機していた。今日は大好きなサークルさんの新刊が届く日。時間は午前指定にしたからもうすぐ届くはず。通販してくれてありがとう作者様。インテで在庫が残らなかったら通販はしない予定だとツイッターで呟いていたからひやひやしていたのだ。

ピンポーンと玄関《げんかん》のベルが鳴り、宅配《たくはい》業者と信じて疑わない私は素早く扉《とびら》を開けた――のが失敗だった。

「ただいま、悠子ちゃん」

綺麗《きれい》な微笑《びしょう》を浮かべた美青年が一人、立っていた。な、ぜ、貴方様がここに。冬休みまで帰ってこないんじゃなかったの？　兄の早すぎる帰省に二の句が継《つ》げない。

「ねぇ、今ちゃんと相手を確認してからドア開けた？」

その視線は私の手元に注がれている。私は慌《あわ》てて判子と財布を背中に隠した。兄は笑いながら、地を這《は》うような低い声を出した。そこから静かな怒《いか》りを感じ取り私は身構えた。

「確認してないよね」

兄は正面から私の背中に手を回し、サッと物的証拠《しょうこ》を取り上げていく。こ、これから新刊が届く予定だから持って行かれたら困る。

「あの、返してくだ」

「その前に俺と少しお話ししようか」

兄は判子と財布という人質《ひとじち》を取ったままリビングのソファに座り、私にも隣に座るように促《うなが》した。何でよりにもよって密着を避《さ》けられないソファを指定するのだ。ダイニングテーブルの椅子でもいいじゃないか、と内心思いつつ訴えられるような空気ではないため、黙《だま》って従った。

それから兄は「悠子ちゃんは無用心すぎる」「強盗《ごうとう》だったらどうする」「女のコが一人で家にいるなんて危ない」と懇々《こんこん》と私を叱《しか》った。父親より口喧《くちやかま》しい兄にうんざりしながら私は「気を付けます」「すみません」と謝り続けた。どうやって兄を追い出して新刊を受け取ろうか模索《もさく》する私はこの時、兄が退寮する決意を固めていたなんて勿論《もちろん》知る由《よし》もなかったのである。

八 妹の当惑

「やっとテスト地獄《じごく》が終わった……!!」

期末テストの期間中、漫画断《まんがだ》ちをしていた私は喜びを噛《か》み締《し》めていた。学校が終わると速攻で帰宅し、早着替え。ダウンコートにマフラーを巻いて、白い息を吐きながら自転車で向かった先は本屋だ。

少し行かなかった間に駅周辺はクリスマス一色に染《そ》まっていた。私はクリスマスソングを聞きながら本屋に入り、目当ての本を手にした。このフラバタのアンソロジーは、いつもとは一味も二味も違う。豪華絢爛《ごうかけんらん》なサークルさんが勢ぞろいしているファン垂涎《すいぜん》の一冊である。無事アンソロをゲットした私は一直線で家に帰る。

紙袋《かみぶくろ》を抱《だ》き締めながら家の扉《とびら》を開けると兄の靴《くつ》を発見、私は素早くトートバッグの中に本をしまった。

「おかえり、悠子《ゆうこ》ちゃん」

目の前の階段から、兄が軽い足取りで下りてくる。セーフだ。私は内心ヒヤヒヤしながら出迎《でむか》えに来てくれた兄に頭を下げた。

「タダイマデス」

夏休みの後、兄は二週間に一度顔を見せるようになった。コミュ障《しょう》の妹に構って何が楽しいのか。直接的接触《せっしょく》は鳴りを潜《ひそ》めたものの、兄はぐいぐい距離《きょり》を詰《つ》めてくる。この前はリビングでフラバタのコミックスを兄が読んでいたものだから、ごしごし目を擦《こす》ってしまった。

兄に漫画を貸した覚えはない。恐《おそ》らく自分で買ったのだろう。道理で一緒《いっしょ》にアニメを見た時、初見にしては詳《くわ》しいと思った。

フラバタ以外の好きな漫画についてもピンポイントで話を振られ、間違《まちが》いなく私が漫画やアニメ好きだとリークされている。一体どこから私の個人情報が流出しているのだ……。

何度も白《しら》を切るのは困難で、私はＢＬを除く一般的な少年漫画は解禁することにした。基本的には親切だし、フラバタが好きな仲間だ。兄がオタク文化に抵抗のない人で本当に良かった。

「俺《おれ》も手伝うよ」

アンソロを部屋に置いてキッチンに行くと、兄がカフェの店員がつけているような黒いギャルソンエプロンを腰《こし》に巻いている。雑誌《ざっし》の表紙にしたいくらい似合っていて、私はうっかり見惚《みと》れてしまった。

「わ、私一人でやるのでいいですよ」

「まぁまぁ、そう言わずに」

いくらお断りしても兄はめげない。笑顔でごりごり押してくる。爽《さわ》やかな外見からは予想もつかない強引さだ。

このままではいつまでも調理に取り掛《か》かれない。私は仕方なく、兄に野菜を切るのを頼んだ。調味料を出しながら兄の包丁さばきを見ていると、その手つきはかなり危なっかしい。ひやっとした私はすぐに兄から包丁を取り上げた。

「今、手を切りそうになってましたよね！　包丁で野菜の皮を剝《む》いたことがないならはじめからそう言って下さい」

「ごめんね。実を言うと、料理自体あまりしたことがないんだ。悠子ちゃんは偉《えら》いね、いつから料理を始めたの」

だから、この人は時々どこか物珍《ものめずら》しげな様子でカウンターから私が調理するところを見下ろしていたのか。初心者なら納得だ。私は引き出しにしまってあるピーラーを出して、兄に手渡《てわた》した。これなら不慣れな兄でも何とかなるだろう。

「偉いも何も、私がやらなきゃ誰《だれ》がやるんですか。いつ始めたかなんて覚えてませんよ」

大雑把《おおざっぱ》な母は料理が苦手で、私が自分から料理をしたいと思うようになったのは自然の流れだった。

『悠子のご飯は美味《おい》しいわねぇ、母さん悠子の愛情いっぱいの料理大好きよ』

そう言って崩《くず》れたハンバーグを褒《ほ》めてくれたのを私は今も覚えている。

あの頃《ころ》からだ、私が家事に力を入れ始めたのは。

夜遅くに帰ってくる母に喜んでもらいたいのと同時に手を煩《わずら》わせたくなかった。毎日図書館に通い、沢山《たくさん》の本を読んで家事を覚えた。失敗した料理は自分で食べきって、雨に濡《ぬ》れた洗濯物《せんたく》を母が帰ってくる前に扇風機《せんぷうき》に当てて必死に乾《かわ》かしたこともあった。それも今となってはいい思い出だ。

「それにしても料理ができないなんて意外です。何でもそつなくこなしそうなのに」

「俺にとって料理は作るモノじゃなくて買うモノだったから。インスタントもあればレトルトに冷凍、宅配《たくはい》だってある。便利な世の中だよね」

想像するだけでも不健康な生活だ。お金があっても愛情がないのは寂《さび》しい。父さんは撮《さつ》影《えい》で海外にいたとしても、兄の母であった人は一体何をしていたのかと疑問《ぎもん》に思わずにはいられなかった。怪訝《けげん》な顔で見上げると兄はふっと笑った。

「今は悠子ちゃんの手料理が一番。さ、次は何をすればいい？」

意図的に話をはぐらかされたような気がした。私はそれ以上何も聞くことができずに、兄に次の指示を出した。

眠い。冬休みに入って、私はこたつの住人と化していた。

昨日は二次創作の長編小説を読んで夜を明かした。あらすじ通り、見事に私のツボをついたシリアス展開。きゅんきゅんしすぎて何度パソコンの前で涙《なみだ》を流したかわからない。飛人《たかと》が胸《むね》に想いを秘めたまま海外に行ってしまうシーンでは号泣《ごうきゅう》した。切ない、切なすぎる。しかもその話はまだ完結していないのだ。今日から毎日あのサイトには通うようにしよう。

私はみかんをパクリと口にして、こてんと天板に頭を乗せた。こたつの上にはみかんの他にも山積みの漫画やお茶、柿《かき》ピーが君臨《くんりん》している。ここはさながら私のユートピアだ。

「母さん大丈夫かなぁ」

ぽつりと独り言を呟《つぶや》いた。両親は今、父の実家に挨拶《あいさつ》に行っている。二人は結婚《けっこん》式を挙げなかったので母は父の親戚《しんせき》とは初の顔合わせだ。私も一緒に行った方がいいのではと申し出たのだが父の実家は遠く、週末には帰ってくるからその時にクリスマスをしようという約束で留守番となった。

クリスマス、ねぇ。父からは兄にプレゼントを用意するようにとのお達しが出ている。

『あいつ、悠子ちゃんからプレゼント貰えるのすごーく期待してるだろうから、何か準備しといてやってくれる？　簡単《かんたん》なものでいいから』

兄に渡すという時点で既《すで》にハードモードだ。私が救いを求めるように見上げると父は笑って助言してくれた。

『あいつこれといった趣味《しゅみ》もないし、手作りお菓子《かし》とかでいいんじゃないかな。大丈夫、悠子ちゃんがくれるものなら何でも喜ぶよ。気構えせずに、ネ？』

なら用意しといてね、なんてプレッシャー掛けないで下さい。

これからクリスマス以上に大切なイベント、冬コミを控《ひか》えている。大きな出費は避《さ》けたかった。更に言えば、一人でリア充《じゅう》の巣窟《そうくつ》へ買い物に行く気にもならない。父の言う通り、手作りお菓子が一番無難だ。

とは言うものの、私は普段料理をしていてもお菓子はあまり作らない。素人《しろうと》の品を果たして本当に喜んでもらえるのか。

父も兄も私の料理の腕《うで》を褒めてくれるけど、自分では何をしても人並みだと思っている。数をこなしたから慣れただけであって、むしろ不器用で苦手なことの方が多い。

料理上手で、友達思いで、素直でもってカワイイ？　私はそんな良い子じゃありません。自信なんてどこにもなくて、自分の弱点を隠《かく》すのでいっぱいいっぱいだ。兄の目に映《うつ》る妹像が重かった。本当の私を知ったら、兄はどんな反応をするだろう。私は怖《こわ》さから目を逸《そ》らして、山積みの漫画に手をのばした。

「あっっっついっ」

いつの間にかこたつで寝過《ねす》ごしてしまったようだ。時計の針は夜の九時を指している。早くしないとお風呂に入る時間がなくなる。私は後ろ髪《がみ》を引かれつつ、こたつから這《は》い出た。

タンスからパジャマや下着を取り出して階段を下りる。足元がおぼつかない。今なら三秒で眠りにつけそうだ。私は激しい眠気と闘《たたか》いながら、脱衣所《だついじょ》の扉を引いて顔を上げた。

「え」

「え？」

一気に、目が覚めた。目に飛び込んできたのは一糸纏《いっしまと》わぬ兄の姿だった。上気した肌《はだ》に、伏《ふ》し目がちの瞳《ひとみ》に掛かる濡れた髪、晒《さら》された無防備な鎖骨《さこつ》に筋肉のついた上半身、その下は……見えた、見えてしまった。

こんなハプニングスケベは誰も望んでない!!　慌《あわ》てて扉を閉めようとすると、兄の手に止められる。

「悠子ちゃん、熱があるんじゃない？」

そりゃ熱くもなるでしょう！　誰のせいだと思ってるんだ。貴方のせいだ。責めたくても言えなかった。着替え中に扉を開けてしまった私に非があるからだ。

「ごめん、ちょっと触《さわ》るね」

返事をする前に、兄はぴったりと自分の額《ひたい》を私のおでこにくっつけた。少女漫画みたいな熱の計り方、よくご存じでしたね！　貴方は素《す》っ裸《ぱだか》なんだからこんなことしてる場合じゃないでしょう。悔《くや》しさと恥《は》ずかしさで呻《うめ》き声《ごえ》しか出せない。

「ねぇやっぱり」

兄の形のいい唇《くちびる》が何か伝えようとしている。視界《しかい》がスローモーションで再生され、段々《だんだん》と映像が白くなっていき……私の記憶《きおく》はそこでぷっつりと途絶《とだ》えてしまった。


寒さで目が覚めた私は、布団の中で腕を擦《さす》った。ベッドの上で寝返りを打つと頭が重く感じる。今は一体、何時なんだ。部屋が暗くて時計が見えなかった。

「起きたんだね。熱があるから無理をしないで」

誰もいないと思っていた部屋で声を掛けられてびっくりする。もう母は仕事から帰ってきてたのか。不甲斐《ふがい》ない自分が申し訳ない。

「っ、かぁさ、しごとは」

話すと喉《のど》が痛《いた》み、息も熱く感じる。そこでようやく風邪《かぜ》をひいたなと自覚した。

「少し起きあがれる？　薬を飲む前にアイス食べて」

「起きる」

即答した。風邪をひくと、母は決まって同じアイスを買ってきてくれる。いつもは高級だから買わない〈アイスの王者〉だ。起きあがって母からアイスを受け取る。手に持った

冷たさが気持ちいい。大好きな抹茶《まっちゃ》味をちびちび味わいながら食べていく。

「母さんコレどこで買ったの？」

返事がない。さてはサボって近所のコンビニで買ってきたな。

「いつも言ってるでしょう、駅横のスーパーなら四割引きだからそこで買ってねって」

「ごめん、急いで買いに行ったから」

そうやって母はいつも謝る。知ってる。仕事から帰ってきて、私が熱を出して倒《たお》れてたら慌てるよね。それでも私は言わずにはいられない。

「ポイントカードもちゃんと持っててね。エコバッグも必須《ひっす》だよ。忘れて袋《ふくろ》を買うんなら手で持ち帰ってきていいから」

「それだとアイスが溶けちゃうでしょう」

「少し溶けたくらいがちょうどいいからいいの」

母とお喋《しゃべ》りしながらアイスを食べる。母と過ごせる貴重な時間。風邪をひいているのに幸せだなぁと思う私は不謹慎《ふきんしん》なのかもしれない。

「ごめんね、母さん」

「謝らないで。ありがとうの方が嬉《うれ》しいな」

「うん、ありがとう」

いつもは照れくさくて言えないけど、するっと口から出てきた。

「大好きなんだよ、母さん。いつもありがとうって言いたいんだよ。でも言いたい時にいないだけ。仕事が好きな母さんの邪魔《じゃま》はしたくないの」

電話を掛ければ、母は仕事を切り上げて帰って来てくれる。わかっているからこそ熱が出ても母に連絡できなかった。

「わがまま言ってごめんね。風邪をひいた時アイスを食べたいのはね、食べている間は溶けるのを心配してずっと傍《そば》にいてくれるでしょう。まだ残ってるからね、ここにいてね、母さん」

「っほんと、まいったなぁ」

母の手が頰《ほお》を包む。その心地よさに私はもっと、とすり寄った。冷たくて、気持ちがいい。母さんの手、こんなに大きかったんだなあ。母は私の手からアイスカップを取り上げて寝るように促《うなが》した。私がムッと唇を尖《とが》らすと、おでこに柔《やわ》らかな感触《かんしょく》が落ちてきた。

「外国のホームドラマみたいだね」

私がくすくす笑うと母は言った。

「みたいじゃないよ。おやすみ、悠子ちゃん」

優《やさ》しい声に包まれながら私は眠りについた。


自室のベッドの上で目を覚ました私は混乱した。あれ、こたつの中で寝ていたような……一瞬《いっしゅん》、衝撃《しょうげき》映像が脳裏《のうり》を過《よぎ》る。兄の裸とか私は痴女《ちじょ》か！　現実ではない、夢に見ただけだ。夢にしたってどんな願望だ。私が布団の中でじたばたしていると兄が布団を捲《めく》って「おはよう」と声を掛けてきた。

「おはよう、ございます？」

何で貴方が当然のように立ち入り禁止の私の部屋にいるのだね。

「悠子ちゃんは風邪で高熱を出して倒れたんだよ」

それは私の部屋に入っていい理由にはならないような……。はい、と兄に手渡された体温計を見て、再び頭に変な映像が浮かんでくる。熱を測るために兄と額を合わせたような……漫画の読みすぎだな。それ以外に考えられない。私は風邪をひいて思考がおかしくなっているようだ。

「こたつで寝たりするから。クリスマスまでには治そうね」

こたつだけが原因ではない、朝まで小説を読んでいた寝不足も関係しているだろう。でも口にしたら最後、頑固親父《がんこおやじ》の再来だ。黙《だま》っておこう。兄は私の頭の下に氷嚢《ひょうのう》を置いて、部屋から出て行った。

ピピッと鳴った体温計を確認すると、まだ熱は下がっていなかった。充分睡眠《じゅうぶんすいみん》はとったから、目が冴《さ》えて眠れそうにない。暇《ひま》つぶしに冬コミのカタログでも読むか。ＲＯＭ版を買わなくて良かった。……ん？　もしかしなくても私は風邪をひいている場合ではないのでは。じわりと汗が滲《にじ》んだ。

早く風邪を治して体調を万全にしないと、冬コミに参加できなくなるっ⁉

悠長《ゆうちょう》にはしていられない。私服のままだった私は早速起き上がってパジャマに着替えた。不意に机の上の茶色いアイスの蓋《ふた》が目に入り、昨夜食べたアイスの味を思い出す。美味しかったな。仕事で疲《つか》れて帰ってきた母に余計な心配を掛けてしまった。着替えを終えた私は布団に入り、母にお礼のメールを送信した。

その数分後、兄に見つからないよう布団の中にカタログを隠してサークルマップにチェックを入れていると、枕元《まくらもと》の携帯《けいたい》が震《ふる》えた。内容を確認して愕然《がくぜん》とした。

『アイスを買ったのは和泉《いずみ》君よ。今日は無理しないで寝てなさい。明日には帰るわね』

そういえば母は今、父の実家に挨拶に行っているんだった。つまり、看病《かんびょう》してくれたのは兄でしかあり得ない。瞬間的に昨夜の記憶が蘇《よみがえ》り、かぁぁぁっと顔に熱が集まった。

夢じゃないよ、現実だよ。兄とお風呂でばったりハプニングも、額を合わせたのも、おでこに落とされた柔らかな感触も、全部、思い出してしまった。

それだけじゃない。相手が母さんだと思って、散々甘《あま》えた気がする。恥ずか死ねる。

しかもあの人は母に間違えられたことを何故《なぜ》、何も言わなかったんだ。まるで自分が看病したことなどなかったかのように……。以前、抹茶のロールケーキを買って来てくれた時もそうだった。購入《こうにゅう》するために炎天下《えんてんか》長時間並んだ苦労をおくびにも出さず、ハイとにこやかに笑って手渡してくれた。

無言の優しさがじわじわと胸に沁《し》み渡っていく。耳に残る甘やかす声、温かな眼差《まなざ》し、頬を撫《な》でた大きな手。布団に入っても思い出す度に心の雄叫《おたけ》びが上がって、安静になんてしていられなかった。これは本格的によくない兆候《ちょうこう》だ。

相手はリア充で、雲の上に住む天上人で、私とは違う世界の人で。手が触《ふ》れ合うことなどない人でいて欲しかった。夢ならいくらでも見られる。二次元なら私を傷《きず》つけない。

突然現れた美形の兄を恐れるあまり、人間性や優しさから目を逸らして見ないようにしていた。偏見《へんけん》の目で見ていたのは、私の方だ。

兄は小学生の時、私をいじめてきた男子とは違う。私が女子力の低い漫画好きでも馬鹿《ばか》にするどころか、私の好きな漫画を自分で購入して歩み寄ってくれるような人だ。寮《りょう》から帰ってくる度にお菓子を買ってきてくれたり、私でも話しやすい学校の話や漫画の話を振ってくれたり、自分から手伝いを買って出て、スーパーに行く時はいつも荷物持ちをしてくれた。

趣味がバレたら見下されるなんて、全部私の思い込みだ。優しさを無下にしてきた自分の卑小《ひしょう》さに気付き、自分で自分を殴《なぐ》りたくなった。

これからは心を入れ替えよう。兄は私のことをちゃんと見てくれていた。遠い人じゃない、同じ屋根の下で暮らす家族なのだ。まずは風邪を治して心配性の兄を安心させてあげなければ。私は布団の中に潜《もぐ》って冬コミのカタログをぱたんと閉じた。

「申し訳ございません。ご迷惑《めいわく》をお掛けしました」

兄が部屋に入ってきた瞬間《しゅんかん》、私は床《ゆか》に頭を押し付けた。日本人の最大の謝罪、土下座《どげざ》である。

「――悠子ちゃん、ベッドに戻《もど》って」

降ってきた底冷えする声にびくりと震えた。どうやら何かやらかしてしまったようだ。

素早く冷めた布団の中に潜り込む。

「言っておくけど、俺は迷惑を掛けられたから怒ってるんじゃないよ。俺の大事な悠子ちゃんが自分を大切にしないから怒ってるの。熱も高かったし、風邪が悪化したらどうするの。つらいところはある？　病院行く？」

病院に行く程ではない。私は市販の薬で治りますからと断った。

「心配だなぁ。少しでも悪化したら病院に連れていくからね。しばらくは家事もしないで部屋で大人しくしてるように」

兄は料理ができない。そんな人に掃除《そうじ》や洗濯がこなせるのか。

「それはちょっと……」

「なら別にいいよ。扉の外側からドアストッパー挟《はさ》むから。そうすれば部屋から出られないね。トイレとお風呂の時は部屋から出してあげる。あ、お風呂も入らない方がいいか。体は部屋で拭《ふ》けばいいし、水のいらないシャンプーを使えば問題ない」

ギュンと兄の過保護《かほご》ゲージがマックスを振りきった。何でそうなるの⁉　風呂にも入れず、部屋からも出られない。これはれっきとした監禁《かんきん》ではないだろうか。

「も、問題しかないですよね⁉」

「ん？　トイレも部屋で何とかなるね」

何とかしないでくれ。風邪とは関係ない汗が背筋を流れていった。

「部屋で大人しくしてます！　だから監禁だけは許して下さいっ」

「監禁じゃなくて、看病でしょう？」

兄は心外だな、と眉を顰《ひそ》めた。たとえ厚意であったとしてもそれだけは受け取れない。私は自らの安寧《あんねい》のために正しい看病とはどんなものなのか、懇々《こんこん》と語った。半分寝ながら話す私に、兄はベッドの脇《わき》に座って穏《おだ》やかな声でうんうんと頷《うなず》き続けた。

家族四人が揃《そろ》ったクリスマス当日、私の緊張《きんちょう》は最高潮《さいこうちょう》に達していた。テーブルには乗りきらない程の料理が並び、その中心には二つのクリスマスケーキ。兄と父が別々に買ってきてしまったのだ。チョコレートと木苺《きいちご》のムースケーキで種類が違ったのは幸いだった。

「メリークリスマス、悠子ちゃん」

兄から高級感漂《ただよ》う紙袋を受け取って、私は手作りのブラウニーを手渡した。プレゼントの格差に申し訳なく思いながら、頭を下げる。

「あの、ありがとうございます、和泉さん」

初めて顔を合わせてから、季節は春から冬に移り変わり、九カ月が経った。もう他人のように貴方とは呼べない。私と兄の間には、家族としての絆《きずな》が芽生《めば》えていた。

風邪をひいている間、私は兄を何と呼ぼうかずっと悩《なや》んでいた。「お兄ちゃん」は萌《も》えキャラっぽいし、「兄さん」は逆に堅苦《かたくる》しい気がして、結局は下の名前にさん付けで呼ぶことにした。照れくさい、早く何か言ってくれ。ちらりと兄の顔を見れば、兄は白い頬を赤く染めて打ち震えていた。

「い、今俺の名前」

「はい、呼びました」

現実を確かめるような兄に私は事実を伝えた。手で口を押さえるその脇からは兄の隠しきれない笑みが零《こぼ》れていた。

「あの、私のプレゼント、気持ちは込めましたけど大した物ではないのであまり期待しないで下さいね。和泉さんからは普段お菓子とか頂《いただ》いてますし、この前は看病までしてくれて本当にありがとうございました。私にも、何かしてあげられることがあったら言って下さい。叶えられる範囲であれば全力投球で頑張《がんば》ります」

これが今の私の精一杯《せいいっぱい》だ。私ができることは少ない。それでも、私にできることがあればさせて欲しかった。兄の看病のおかげで冬コミに行ける体になったし、頑《かたく》なだった私相手に頑張ってくれた兄に、少しずつ歩み寄っていきたい。

「悠子ちゃん、和泉に止《とど》めを刺《さ》さないでやって」

背中を向けた和泉さんに父が苦笑を浮かべながら、ティッシュボックスを渡していた。

私の風邪がうつったわけじゃないですよね。私があわあわ慌てていると隣《となり》に座る母が「落ち着きなさい」と私を窘《たしな》めた。

「大丈夫だよ、喜んでるだけだから。あと今日は和泉から悠子ちゃんに伝えたいことがあるんだ。ほら、和泉正気に戻れ」

父さんは兄の背中をバンと叩いた。そんなに強く叩かなくても。振り返った兄は丸めたティッシュをゴミ箱に投げてこちらを向いた。その目は赤く充血していて、どこか艶《なま》めかしくドキッとした。

「どんな物でも、悠子ちゃんの気持ちが込もってるなら最高のプレゼントだよ。名前を呼んでくれたのもすごい嬉しい。これから、悠子ちゃんとは家族としてもっと親しくなりたい。だから俺、二学期いっぱいで退寮したんだ」

大漁、大量、退寮——!? ストーカーから逃《に》げるために寮に入ったような人が寮を出る、それは清水寺《きよみずでら》の舞台《ぶたい》から飛び降りるような覚悟《かくご》だったんじゃないだろうか。しかもその目的が自分にあるとなれば責任重大だ。重い、兄の家族愛が重すぎる。

「三学期からはここから学校に通うからね。毎日会えるよ、悠子ちゃん」

きらびやかな兄の笑顔が眩《まぶ》しい。亀《かめ》の歩みで近づいて行く予定が、ウサギの方からぴょんと急接近され、私は驚《おどろ》きを禁じ得ない。毎日、この光を浴びて私の心臓《しんぞう》はもつのか。自問自答しながら、前途多難《ぜんとたなん》なこれからを思った。

九 兄の安寧

夏休みの後も、俺《おれ》は隔週《かくしゅう》で家に帰るようになった。少し前までは寮《りょう》だけが安全地帯で心休まる場所だったが、それ以上の癒《いや》しを俺は見つけてしまった。

電車に揺《ゆ》られて一時間、駅舎を出ると冷たい木枯《こが》らしが吹いた。駅前のロータリーでは市の職員がクリスマスのイルミネーションを設置しているところだった。

クリスマスにはいい記憶《きおく》がない。ショタコンの押しかけサンタクロースや、デートの約束をしたと妄言《もうげん》を吐《は》くストーカー、ポストに詰《つ》め込《こ》まれた異臭《いしゅう》を放つ謎《なぞ》の物体、と例を挙げれば切りがない。

家の前に着いた俺は、ポケットから鍵《かぎ》を取り出した。扉《とびら》を開けてドスッとボストンバッグを玄関《げんかん》に下ろす。最近、実家の部屋に荷物を移し始めた。今月中に寮の部屋から私物を引き払う予定だ。

留年してでも学生寮に残りたいと将来を悲観していた自分がこうして実家に帰ってくるなんて、少し前の俺なら自殺行為だと反対するだろう。

寮に入って四年間、俺はずっと変化を恐《おそ》れていた。前に進みたくなければ、後ろにも戻《もど》りたくなかった。悠子《ゆうこ》ちゃんに出会って、時を止めていた時計の針が動き出したのだ。

部屋で荷物を整理していると玄関で扉が開く音がした。荷物を放って階段を下りていった先には、悠子ちゃんの姿があった。帰って来たばかりの悠子ちゃんの頬《ほお》は冷気で林檎《りんご》のように赤く染《そ》まっている。雪国の子供《こども》のような顔が愛らしい。

「おかえり、悠子ちゃん」

制服を着ていない、ということは一度帰宅《きたく》してから出掛《でか》けたのだろう。小さくタダイマデスと頭を下げて、悠子ちゃんは自室に入っていった。

真面目《まじめ》な悠子ちゃんのことだ、夕飯を作るためにすぐキッチンに来るはず。俺は今日のために新しく購入《こうにゅう》した物を取りに急いで部屋へ戻った。

「私一人でやるのでいいですよ」

新品のエプロンをつけて料理の手伝いを申し出ると、案の定断られた。夏休みの時も何度か悠子ちゃんの家事の手助けを試みたが全滅《ぜんめつ》だった。

断られるのは想定内、しかし今回は簡単《かんたん》に諦《あきら》める気はない。俺は押しの一手で悠子ちゃんに頼み込《こ》んだ。お人好しの彼女は押しに弱い。それは越田《こした》の件でとっくに心得ていた。

「今、手を切りそうになってましたよね！　包丁で野菜の皮を剝《む》いたことがないならはじめからそう言って下さい」

悠子ちゃんに野菜の処理を任された俺は、早速叱《しか》られていた。簡単そうに見えたんだけどな。意外と包丁で野菜の皮を剝くのは難しかった。悠子ちゃんは俺から包丁を取り上げて、代わりにピーラーを渡《わた》してくれた。やめろとは言わない、彼女のこういう優《やさ》しさが好きだ。

「ごめんね。実を言うと、料理自体あまりしたことがないんだ。悠子ちゃんは偉《えら》いね、いつから料理を始めたの」

「偉いも何も、私がやらなきゃ誰《だれ》がやるんですか。いつ始めたかなんて覚えてませんよ」

その一言に、悠子ちゃんの料理に対する認識《にんしき》が凝縮《ぎょうしゅく》されていた。彼女は俺が思っている程料理が好きなわけではないのかもしれない。

「それにしても料理ができないなんて意外です。何でもそつなくこなしそうなのに」

「俺にとって料理は作るモノじゃなくて買うモノだったから。インスタントもあればレトルトに冷凍、宅配だってある。便利な世の中だよね」

以前の義母《はは》や家政婦の手料理は好きじゃなかった。食べれば感想を求められ、残せば理由を尋《たず》ねられ、吐けば泣いて責められたこともあった。だから俺は自分で食物を買った方が気も楽だし、美味しく感じられた。

昔のことを思い出していると、悠子ちゃんが心配そうに俺を見上げていた。俺の昔の食卓事情を彼女に詳《くわ》しく話すのは躊躇《ためら》われた。誰が聞いても楽しい話ではないからだ。

「今は悠子ちゃんの手料理が一番。さ、次は何をすればいい？」

俺は笑って話題を変えた。悠子ちゃんの料理が好きなのは本心だった。これから毎日食べたい。そのために俺は変わろうとしている。ここに幼《おさな》い日の自分はいない。俺はもう自分の人生を自分で選び取れるのだ。


部屋に戻ってラジオをつけるとクリスマスソングが流れてきた。軽快な音楽が耳障《みみざわ》りで乱暴にコンセントを引き抜いた。以前使っていたベッドは、寮に入る時に捨《す》てた。カーテンもラグマットも机も全部買い替えた。

全てを変えても悠子ちゃんの気配がないこの部屋には、暗い記憶が潜《ひそ》んでいる。だから日中はなるべくリビングで過ごすようにしていた。

この部屋で寝る時は、特に寒いこの時期は、思い出してしまう。寮に入る原因になった七年前のクリスマスを。それは忘れたくても忘れられない——史上最悪のクリスマスだった。


——七年前——

「父さん、帰って来ませんね」

チキンにケーキ、炎《ほのお》が揺れるクリスマスキャンドル。その光の向こうに座《すわ》る女性、瞳《ひとみ》さんは父の不在を気にする様子もなく、微笑《ほほえ》んだ。その思わせぶりな笑みに俺は寒気を覚えた。

瞳さんは三番目の母親だ。

俺を産んだ母は俺が二歳の時に余所《よそ》の男と不倫して離婚《りこん》。その後、すぐに結婚した女性は父の方が強い束縛《そくばく》に耐《た》えられなくなり、三年間の結婚生活に終止符《ふ》を打った。そのまた三年後に結婚したのが今の義母、瞳さんだった。最初は家政婦として雇《やと》っていたため、家事は万能でたおやかな人だった。父より九歳下の二十四歳で、容貌《ようぼう》も母というよりは姉に近かった。

ブルブルと携帯《けいたい》電話が震《ふる》え、画面を覗《のぞ》くとそれは父からのメールだった。

『今年中には帰れそうにない。瞳さんにもそう伝えてくれ』

俺は唇《くちびる》を噛《か》み締《し》め、無言で携帯電話を閉じた。何で自分の妻にメールしないで、俺に嫌《いや》な役を押し付けるんだよ。謝罪ひとつない内容に溜息《ためいき》をついた。

「正輝《まさき》さんから?」

「はい、帰って来るのは来年になるそうです。すみません」

「いいのよ。じゃあ、始めましょうか和泉《いずみ》君。メリークリスマス」

「……メリークリスマス」

差し向けられたグラスを無視《むし》するわけにもいかず、自分のグラスを渋々《しぶしぶ》持ち上げた。何でこんな茶番に付き合わされなければならないんだ……。カツンとぶつかるグラスの音が嫌に大きく聞こえた。

常に笑顔で感情の起伏《きふく》がない義母が俺は嫌《きら》いだった。今の義母だけじゃない。前のヒステリー持ちの義母も、歳《とし》の近い従姉妹《いとこ》も、隣《となり》に住むクラスメイトも担任の教師も、女性であれば皆嫌いだった。

俺は十歳にして悟《さと》りを開いていた。女性に関わると碌《ろく》な目に遭《あ》わない。それもこれも全て一般から突出した容姿のせいだった。

長すぎる睫毛《まつげ》に、さらさらの亜麻色《あまいろ》の髪《かみ》、小作りな顔に白魚《しらうお》に例えられてしまうような肌《はだ》。ロシア人だった祖母と駆《か》け出し女優《じよゆう》だった母、モデル体型の父親の血が混ざった結果だった。

三番目の母親は喚《わめ》き散《ち》らしこそしなかったが、積極的にコミュニケーションを取ろうとする人で鬱陶《うっとう》しかった。夫がもっと家にいれば違ったのかもしれないが、フリーカメラマンの父は主に海外で活動していて、今日も日本にはいない。必然的に義母と二人きりのクリスマスを過ごすことになり、俺は黙々《もくもく》と食事を腹《はら》に詰め込んだ。

早く一人になりたい。その一心で夕飯を食べ切り、自室のベッドに倒《たお》れ込む。食事中、「美味《おい》しい?」と聞かれて頷《うなず》いたが味はわからなかった。義母は嬉《うれ》しそうに赤い口紅《くちべに》を塗《ぬ》った唇の端を持ち上げた。瞬間《しゅんかん》、吐き気が襲《おそ》ったが強引に飲み込んだ。部屋に戻っても吐き気は治まらず、ひたすら耐えていると部屋の扉が開いた。

重い頭を持ち上げた時横目に映《うつ》ったのは、露出度《ろしゅつど》の高いネグリジェを着た義母の姿だった。

「来るな!!」

咄嗟《とっさ》に叫《さけ》んでいた。サッと血の気が引いて警戒音《けいかいおん》が頭に鳴り響《ひび》く。義母は俺の言葉を無視してベッドの脇《わき》に座った。

「お父さんがいなくて寂《さび》しいでしょう？」

頬に伸びてきた義母の手を振り払い逃《に》げようと立ち上がる。吐き気と立ちくらみが同時に襲ってきて、視界が揺れた。義母はその隙《すき》をついて俺をベッドに押し付けた。

「私が和泉君の傍《そば》にいるわ。一緒《いっしょ》に夜を過ごしましょう」

胸を押し当てて嫣然《えんぜん》と笑った義母は紛《まぎ》れもなく《女》の顔をしていた。膝《ひざ》で思いきり女の腹を蹴《け》り上げて、俺は冬空の下、コートも羽織らずに家を飛び出した。凍えるような寒さだったが家に戻る気にはなれなかった。家から離れた場所で腹の中の物を全て吐き出した後、重い足で向かったのは交番だった。交番で電話を借り、先ほど起こったことを全て父に話して恨《うら》みつらみをぶつけた。

「あんたは俺の面倒《めんどう》を見させるためにあの女と結婚したのかもしれないけど、あんな母親ならいない方が良かった。俺はあんたが連れて来た母親に感謝なんかしたことないよ。家事の代わりにべたべた触《さわ》られるくらいなら死んだ方がマシだ。でも何より憎《にく》いのは父さんだ」

都合のいい時だけ父親面《づら》して帰って来て、碌でもない女を押し付けていく父親に俺はとっくの昔に愛想を尽《つ》かしていた。

「あんたが好きな写真を撮《と》って綺麗《きれい》な世界に浸《ひた》っている間、俺が何をされてると思う？　俺の世界は汚いもので埋《う》め尽くされてるよ。希望なんかどこにもないんだ」

言いたいことを言うだけ言って電話を切った。その後、前にもお世話になった児童相談所で保護《ほご》してもらい、父が帰ってくるまでそこで過ごした。

年が明けた頃、父と義母は離婚した。だがいつまた父が懲《こ》りずに新しい女を連れてくるとも限らない。だから進学先に寮のある男子校を選んだ。反対されたら死んでもいいと思った。この家にいたら、生きていることさえ後悔《こうかい》するに決まっているのだから。

あの忌《い》まわしいクリスマスから早七年が過ぎようとしていた。

寝る前は、今日一日あったことを思い返すようにしている。昔の記憶を上塗りするように、悠子ちゃんの声や仕草、表情を事細かに脳裏《のうり》に思い浮かべる。今日は悠子ちゃんとキッチンで並んで一緒に料理をした。俺の切った歪《いびつ》な野菜を見て「不格好ですね」と控《ひか》えめに笑った。

コトコトとシチューを煮込《にこ》んでいる間は、俺が皿を洗って悠子ちゃんが布巾《ふきん》で水を拭《ふ》き取っていった。窓の外には洗濯物《せんたくもの》がはためいていて、冬の日差しの中で風に揺れていた。隣からは悠子ちゃんの鼻唄《はなうた》が聞こえて、そこには穏《おだ》やかな時が流れていた。

これが普通の生活なんだ。同じ家の中でも、以前とはまったく違《ちが》う世界が目の前に広がっていた。もう戻れない、戻りたくない。俺は瞼《まぶた》の裏に映った今日の記憶を胸《むね》に刻み込んで、夢の中に落ちていった。


夏休みからマメに帰るようになって、悠子ちゃんは少しずつ素の姿を見せてくれるようになっていた。親父《おやじ》がこたつを買ってきてからというもの、悠子ちゃんは日向《ひなた》を求める猫《ねこ》のように入り浸っている。こたつから顔だけ出して「おはようございまふ」と寝《ね》ぼけ眼《まなこ》で挨拶《あいさつ》された時は言葉にならなかった。

なに、この可愛すぎる生き物。ぎゅうっと腕《うで》の中に閉じ込めてわしゃわしゃ撫《な》でまわしたい。俺は興奮《こうふん》で震える手を抑《おさ》えながら、無言でスマホのシャッターを押していた。

こたつと猫はセットだ。有名な童謡《どうよう》もそう歌っている。だから悠子ちゃんだってセットでいいと思い込んでいたが――夜になってその考えは覆《くつがえ》された。

夕飯の時はそうでもなかったのに。脱衣所《だついじょ》の前で意識を失った悠子ちゃんは顔色が悪く、息も荒い。風呂から出たばかりだった俺はさっと服を羽織った。夏休みの終わりから悠子ちゃんに触《ふ》れないよう心掛けていたけれど、今は緊急事態《きんきゅうじたい》だ。俺は小さな体を抱《だ》き上げて悠子ちゃんの部屋へ向かった。

熱を出した原因は、十中八九こたつだ。注意するべきだったんだろう。でも部屋から持ち出した漫画《まんが》をこたつの上に積み、飲み物やお菓子《かし》を並べている悠子ちゃんは秘密基地を作り上げた子供のようで微笑ましく、とても水を差すようなことは言えなかったのだ。

しかしその結果、悠子ちゃんは体調を崩《くず》してしまった。これからは考えを改めよう。猫にも多少の躾《しつけ》は必要だ。

原因と症状《しょうじょう》から判断すると恐らく風邪《かぜ》をひいている。俺はそうっと悠子ちゃんの体をベッドに下ろした。看病《かんびょう》に必要な物はどこにあるのか。置き場所を聞こうと妃《きさき》さんに電話を掛けるとすぐに出てくれた。

「確か氷嚢《ひょうのう》は食器棚の一番下の段《だん》で、体温計は救急箱の中に入ってるわ。常備薬の場所はわかる？　なら良かった。和泉君ありがとうね。あの子、いつもぎりぎりまで我慢《がまん》するから私でも気付けなかったりするのよ」

「お礼なんていいんです。俺がやりたくてやってるんです。気にしないで下さい」

「ふふっ、そう。あと薬も大事だけど抹茶《まっちゃ》のアイスもお願いね。風邪の時は無性に食べたくなるみたい。明後日《あさって》の夜には家に帰るわ。それまでよろしくね、和泉君」

何となく知識はあるけど他人の看病をするのが初めての俺にとって、妃さんの助言は大変ありがたいものだった。電話を切ってから、急いで近所のコンビニへアイスを買いに走った。

コンコン、とノックしてから悠子ちゃんの部屋の扉を開ける。悠子ちゃんの部屋に入るのは今日が初めてだ。彼女はいつも、扉を閉めるとすぐに内鍵を掛ける。その音を聞く度に、この難関《なんかん》の扉をどうにか攻略できないものか考えあぐねていたが、まさかこんな形で悠子ちゃんの部屋に入ることになるとは。

薄暗《うすぐら》い部屋の中、机の上に薬や水などを置いていると悠子ちゃんがその物音で目を覚ました。

「起きたんだね。熱があるから無理をしないで」

「っ、かぁさ、しごとは」

悠子ちゃんは寝惚《ねぼ》けているのか俺を母親だと勘違《かんちが》いしているようだ。病人の悠子ちゃんにわざわざ訂正《ていせい》をする気にもなれず、俺はそのまま会話を続けた。

「少し起きあがれる？　薬を飲む前にアイス食べて」

「起きる」

あまりにも早い返答に俺は笑いを噛み殺した。そんなに好きならいつでも買ってくるのに。

「母さんコレどこで買ったの？」

妃さんには店まで指定されていなかった。専門店のアイスでなければダメだったとか？　質問に答えられないでいると悠子ちゃんはそこに答えを見つけたようだった。

「いつも言ってるでしょう、駅横のスーパーなら四割引きだからそこで買ってねって」

「ごめん、急いで買いに行ったから」

「ポイントカードもちゃんと持っててね。エコバッグも必須《ひっす》だよ。忘れて袋《ふくろ》を買うんなら手で持ち帰ってきていいから」

病人だというのに中学生らしからぬ主婦《しゅふ》発言。悠子ちゃんらしい。それだとアイスが溶けちゃうよ、と指摘《してき》すれば、

「少し溶けたくらいがちょうどいいからいいの」

いつもは言わないような甘《あま》えた口調が心地よかった。

「ごめんね、母さん」

「謝らないで。ありがとうの方が嬉しいな」

「うん、ありがとう――いつも、ありがとうって言いたいんだよ。でも言いたい時にいないだけ。仕事が好きな母さんの邪魔《じゃま》はしたくないの。わがまま言ってごめんね。風邪をひいた時アイスが食べたいのはね、食べている間は溶けるのを心配してずっと傍にいてくれるでしょう」

すぐになくならないように少しずつ、悠子ちゃんはアイスを口に運ぶ。

「まだ残ってるからね、ここにいてね、母さん」

母子家庭の悠子ちゃんはこれまで寂《さび》しい思いをしてきたのだろう。早々に父親を見限った俺とは違い、母親に嫌われないように沢山《たくさん》努力してきた。だから悠子ちゃんはこんな時でも節約を意識するようなしっかり者になった。

「っほんと、まいったなぁ」

マシュマロのような頬に触れれば、悠子ちゃんは気持ち良さそうに円《つぶ》らな瞳を細めた。もっと、と揺すってその頬をすりすり俺の手にすり寄せてくる。

可愛すぎて胸が痛い。紅潮《こうちょう》した頬に熱い息を吐く赤い唇、首筋《くびすじ》を流れた一筋の汗は鎖《さ》骨《こつ》を辿《たど》り、ふくよかな双丘《そうきゅう》の間に流れ落ちていった。目のやり場に困った俺は慌《あわ》てて悠子ちゃんの手からアイスを取り上げて布団を被《かぶ》せた。そこで俺が退室することを察したのだろう。悠子ちゃんはむぅっと唇を尖《とが》らせて不満げな顔をする。

これ以上、俺を刺激しないで欲しい。その愛らしさに悶《もだ》え死んでしまう。俺は欲望を押し殺して悠子ちゃんの前髪を優しく払い、その額《ひたい》に唇を落とした。女性への拒絶《きょぜつ》反応も悠子ちゃん相手なら表れない。それがどんなに嬉しいか、彼女は知らない。

「外国のホームドラマみたいだね」

そう言ってクスクスと無邪気《むじゃき》な笑みを浮かべる。

初めて会った日から、悠子ちゃんの印象は変わらない。俺の顔に見惚《みと》れることなく、母親のために努力するひたむきな女の子だった。今にして思えば、家族に愛着を抱《いだ》いたことのない自分と対極に位置する悠子ちゃんに、俺は羨望《せんぼう》を覚えたのかもしれない。

『偉いも何も、私がやらなきゃ誰がやるんですか。いつ始めたかなんて覚えてませんよ』

一緒に食事を作った時の彼女の言葉に胸が軋《きし》んだ。彼女は他人に頼ることも、甘えることも知らないのだ。

「みたいじゃないよ。おやすみ、悠子ちゃん」

君の家族はもう妃さんだけじゃないんだ。困った時は、俺のことしか思い浮《う》かべられないくらい甘えて頼って欲しい。俺は悠子ちゃんのふっくらとした頰の感触《かんしょく》を名残惜《なごりお》しみながら、パタンと部屋の扉を閉めた。

「申し訳ございません。ご迷惑《めいわく》をお掛けしました」

翌日、悠子ちゃんの部屋の扉を開けると、突然土下座《とつぜんどげざ》された。何でこの寒い中、布団から出て来て冷たい床《ゆか》の上で頭を下げるかな。

「――悠子ちゃん、ベッドに戻って」

声のトーンを落として告げれば、悠子ちゃんは慌てて立ち上がり俺の指示に従った。

「言っておくけど、俺は迷惑を掛けられたから怒ってるんじゃないよ。俺の大事な悠子ちゃんが自分を大切にしないから怒ってるの。熱も高かったし、風邪が悪化したらどうするの。つらいところはある？　病院行く？」

「い、いえ、いつも市販薬で治りますから」

「心配だなぁ。少しでも悪化したら病院に連れてくからね。しばらくは家事もしないで部屋で大人しくしてるように」

それはちょっと……と渋《しぶ》る悠子ちゃんに俺は深々と溜息をついた。びくっと悠子ちゃんの体が強張《こわば》ったが、ここは心を鬼《おに》にする。

「なら別にいいよ。扉の外側からドアストッパー挟《はさ》むから。そうすれば部屋から出れないね。トイレとお風呂の時は部屋から出してあげる。あ、お風呂も入らない方がいいか。体は部屋で拭けばいいし、水のいらないシャンプーを使えば問題ない」

「も、問題しかないですよね!?」

「ん？　トイレも部屋で何とかなるね」

にっこり笑って有無も言わせない。

「部屋で大人しくしてます！　だから監禁《かんきん》だけは許して下さいっ」

「監禁じゃなくて、看病でしょう？　心外だな」

監禁するならもっと徹底的《てってい》にする。妃さんに電話だってしなかった。俺がそんなことを思っていると悠子ちゃんは必死の形相で、看病とは何か語り始めた。時々声が掠れて喉《のど》が痛そうだ、あとでしょうが湯の作り方を調べておこう。悠子ちゃんの赤い顔を眺《なが》めながら、彼女が眠りにつくまで隣で相槌《あいづち》を打った。

クリスマス当日、久しぶりに家族が四人揃《そろ》った。年甲斐《としがい》もなく、親父が一番クリスマスを楽しみにしていたのを俺は知っている。そのにやけた面にむかついて、つい机の下から親父の足を蹴った。

隣に座る親父は動じもせず、着飾《きかざ》った妃さんを眺めている。小さなことを気にしている自分が馬鹿《ばか》みたいだ。

悠子ちゃんへのクリスマスプレゼントは考え抜いた結果、髪を結ぶシュシュにした。レースのついたスカートとか、もこもこの手袋とか色々悩《なや》んだけど、悠子ちゃんは普段《ふだん》シンプルな服を着ていて可愛らしいものに抵抗《ていこう》があるようだった。絶対似合うと思っても、タンスの肥《こ》やしになったら意味がない。シックなシュシュならシャイな悠子ちゃんでも気軽に身につけてもらえるはずだ。

「メリークリスマス、悠子ちゃん」

悠子ちゃんは俺が用意していたプレゼントを受け取ると、おずおずと俺にもプレゼントを渡してくれた。

「あの、ありがとうございます、和泉さん」

大きな衝撃《しょうげき》が、俺の中を走り抜けた。い、今、空耳じゃなければ、和泉さんって言った⁉ 悠子ちゃんの可愛らしい唇が紡《つむ》いだのは俺の名前だったよね。確かめるように悠子ちゃんに聞いてみると、やはり俺の耳は聞き間違えてはいなかったようだ。俺は堪《たま》らず手で口を塞《ふさ》いで、喜びに打ち震《ふる》えた。

「あの、私のプレゼント、気持ちは込めましたけど大した物ではないのであまり期待しないで下さいね。和泉さんからは普段お菓子とか頂《いただ》いてますし、この前は看病までしてくれて本当にありがとうございました。私にも、何かしてあげられることがあったら言って下さい。叶えられる範囲であれば全力投球で頑張《がんば》ります」

胸が苦しい。もうこれ以上可愛いことを言わないでくれ。悠子ちゃんが名前を呼んでくれただけでも嬉しくて死にそうだったのに、俺のお願いを叶える努力までしてくれるという。

感動のあまり涙《なみだ》が出てきそうだ。俺が背を向けると、スッと隣からティッシュボックスを差し出された。俺は黙《だま》って親父の厚意を受け取った。

「大丈夫だよ、喜んでるだけだから。あと今日は和泉から悠子ちゃんに伝えたいことがあるんだ。ほら、和泉正気に戻れ」

感動の余韻《よいん》に浸っているとバンっと背中を叩《たた》かれた。今日言わなければ次にいつ家族が揃うかわからない。今こそ着々と進めていた計画を報告するチャンスだった。俺は涙をテイッシュで拭いて悠子ちゃんに向き直った。

「どんな物でも、悠子ちゃんの気持ちが込もってるなら最高のプレゼントだよ。名前を呼んでくれたのもすごい嬉しい。これから、悠子ちゃんとは家族としてもっと親しくなりたい。だから俺、二学期いっぱいで退寮したんだ」

悠子ちゃんは零《こぼ》れんばかりに目を見開いていた。秘密裏《ひみつり》に進めていた甲斐があったというものだ。俺は悠子ちゃんの素直に驚《おどろ》く様に見入った。この口ほどに物を言う豊かな表情に、俺は出会った時から惹《ひ》きつけられてやまないのだ。

「三学期からはここから学校に通うからね。毎日会えるよ、悠子ちゃん」

自然と笑みが零れていく。愛《いと》おしげに目を細める両親と家族思いの妹が同じ食卓《しょくたく》について俺を囲んでいた。幸せな家族の劇中に迷い込んだみたいだ。こんなにも美しい世界が存在していたのだ。寒空の中、外に飛び出したあの時に、生きることを諦めなくて良かった。悠子ちゃんに出会えたことが、人生最大の奇跡《きせき》であり贈《おく》り物だと思えた。

十 妹の準備

始業式を終えた一週間後、今日は久しぶりの部活動日だ。部室の扉《とびら》を開けると窓から暖《あたた》かな冬の日差しが差し込む中、真剣な眼差《まなざ》しで原稿《げんこう》に向かう麻紀《まき》ちゃんの姿があった。私は驚《おどろ》かさないよう、静かに部室に入って扉を閉めた。

「明けましておめでとう、麻紀ちゃん」

「今更だけどあけおめー」

新学期が始まったものの、クラスが違う麻紀ちゃんとは部活が始まるまで会えなかったのだ。私はいつものように麻紀ちゃんの前の椅子《いす》に座《すわ》って、鞄《かばん》からフラバタの最新刊を出した。この巻は公式同人誌《どうじんし》と言っても過言ではなく、観賞用と保存用で二冊購入《こうにゅう》した。

飛人《たかと》が騒《さわ》ぎを起こした原因を調べるために、乱闘《らんとう》相手である先輩《せんぱい》を穂積《ほずみ》君が問い質《ただ》すシーンは死ぬほどかっこよかった。密《ひそ》かに入手した情報で脅《おど》して真相を聞き出すその手腕《しゅわん》、マーベラス!!　流石《さすが》知能派だ。

乱闘に至った経緯《けいい》を知った穂積君は飛人の高校へ赴《おもむ》いて監督《かんとく》に真実を語り、ベンチ入りした飛人の処分を取り消すように頼んだ。実際、飛人は試合の出場停止まで危ぶまれていたが、穂積君の陰《かげ》なる奔走《ほんそう》により一カ月の部活動謹慎《きんしん》で済《す》み、無事レギュラーに復活。飛人危機《きき》一髪《いっぱつ》、乱闘騒ぎ編《へん》が解決したのである。

この巻で一番萌《も》えたのは最後に、飛人の家のポストに穂積君が軟膏《なんこう》を入れるところだ。コトンと音を立てるあの名場面は脳《のう》に刻《きざ》み込まれた。アニメの二期で再現されるのを私は今から楽しみにしている。

目頭《めがしら》を押さえて最新刊に感じ入っていると、ふと麻紀ちゃんが原稿の手を止めて思い出したように呟《つぶや》いた。

「夏にお兄様に会った時は気づかなかったけど、フラバタのメインキャラってかむちゃんたちに似《に》てるよね」

何をいきなり。私が首を傾《かし》げると麻紀ちゃんが説明を始めた。

「飛人がお友達の貴士《たかし》さんで、穂積はお兄様」

そう言えば兄の友達の名前は貴士だった。麻紀ちゃんの言うように名前の響《ひび》きは似ているかもしれない。

「となると、穂積君の妹のさとみちゃんは……」

「勿論《もちろん》、かむちゃんだよ」

私は穂《ほ》×飛《たか》の応援《おうえん》はしているけど和《いずたか》×貴は範疇外《はんちゅうがい》だからね。そこを勘違《かんちが》いされては困る。

「嬉《うれ》しいような、嬉しくないような」

胸《むね》のもやもやが拭《ぬぐ》いきれなかった。

「そこは素直に喜びなよ。かむちゃんは堅《かた》いなぁ。それはそうと、今日つけてるシュシュ可愛いね、もしかして誰《だれ》かからのプレゼント？」

「兄からクリスマスにね。よくわかったね」

シュシュの布地は黒で、一部分指輪のような輪っかで絞《しぼ》ってありワンポイントになっている。シンプルなデザインで学校にもつけてきやすい。

「だってそれ、ブランド物だよ」

麻紀ちゃんが言うには数千円くらいするとのこと。キラッとした輪っかのビーズは恐《おそ》らくスワロフスキーって……、もう気軽にそのへんにほっぽっておけない。

冬休み中は麻紀ちゃんがこよなく愛するBLゲーム、神愛《かみあい》のアップデートがあり寝る間《ねま》も惜《お》しんでゲームに勤《いそ》しんでいたらしい。それだけならまだしも、全てのルートをアップデート前と比較検証《ひかくけんしよう》して、毎日自らのブログに攻略《こうりやく》法を載《の》せていた——ってやることなすことレベルが高い。

「神愛も最高だったけどフラバタも盛り上がってるよね。原画展、行くんでしょ？」

「勿論」

先月に本誌で原画展の発表があり、同志《どうし》達の間では『冬コミが終わっても私達の試合は終わらない』をキャッチフレーズに、企画サイトでどんどこ祭りが開催中である。

展示会場では来場記念のノベルティとしてクリアファイルが配付され、先生が作品の誕生秘話を語った映像が流される。これはファンとして見逃《みのが》せない。でもひとつ問題がある。

「今週末に行くんだけど……兄と、一緒に」

「え～!?　オタイベントにあのヤンデレお兄様と。どういう風の吹き回し」

私だって『良かったら一緒に行かない？』って誘《さそ》われたのが三次元映画だったら速攻《そっこう》で断ってた。でもよく見てみると、兄が私に差し出したのはフラバタ原画展の前売り券だったのだ。断る理由が思いつかないどころか思わず体が前のめりになってしまった。

「かむちゃん、とうとう自分からお兄様に腐女子《ふじょし》だって打ち明けたの」

「まさか。その秘密《ひみつ》だけは守り通す所存です」

「じゃあ何で原画展に誘ってくれたんだろ」

「それは私が知りたい。いつの間にか私がフラバタファンだってバレてたんだよ――!!」

夏休みの私の振《ふ》る舞《ま》いは完璧《かんぺき》な一般女子のものだったと思う。しかし兄の怒涛《どとう》の侵略《しんりゃく》劇により夏休みに決めた三ヶ条は悲しくも崩《くず》れかけていた。リア充《じゅう》の情報収集能力に戦々恐々とする日々だ。

「とりあえず一緒に行くのはもう決定事項《じこう》だからいいんだけど、何を着ていけばいいものか。兄はファッショナブルだからね。天上人と一緒に街へ出る庶民《しょみん》の身にもなって欲《ほ》しい」

いつもの格好で美兄の隣《となり》に並んだら、「何あのダサい子」とか知らない人から貶《けな》されそうだ。それが目下の一番の悩《なや》みだった。

「じゃあいっそ、お洒落《しゃれ》なお兄様に服を選んでもらいなよ」

なんと空恐ろしいことを仰《おっしゃ》る。

「麻紀ちゃん、私にそんな大胆《だいたん》なことをさせる気なの？」

「別にそんな大げさに捉《とら》えなくても。候補《こうほ》の服を二、三着見繕《みつくろ》って、組み合わせだけお任せしちゃえば？」

それくらいなら私にもできそうだ。自分で選んでも悩む時間が無駄《むだ》に長引くだけだろう。そう思って、家で和泉さんに相談してみたら——

「今度はこっちを着てみて。下はデニムよりコーデュロイにしようか」

はい、と和泉さんに服を手渡《てわた》され、外から部屋の扉を閉められる。これで着替えるの何回目だ。私は受け取った服を椅子に掛《か》けて服を脱《ぬ》いだ。

麻紀ちゃんのアドバイス通り、学校から帰ってきた兄を捕《つか》まえて両手に持った服のどちらがいいかと聞いたのだが、兄の機嫌《きげん》は急降下した。

「どこの誰《だれ》とデートするつもり？」

っひぃ、目が怖《こわ》い。前回で学んだけど兄は淡々《たんたん》と怒るタイプだ。顔は笑ってても目つきが鋭《するど》く、声のトーンは一段と低くなる。

「日曜日にって、誘ってくれたのは和泉さんですよね」

デートじゃないし。貴方《あなた》が一緒じゃなければ普段着だって構わないんですよ、わ・た・し・は!!　誘ったこと自体忘れていたのだろうか、ならば話を蒸《む》し返さなければ良かった。

「俺《おれ》と出掛ける時に着る服のことを相談しに来てくれたの？」

こくんと頷《うなず》くと、兄は怒《いか》りを潜《ひそ》めて嬉しげに笑った。

「えっと、俺はワンピースの方が好きだな。……珍《めずら》しいね、私服でスカート穿《は》いたところ見たことなかったから」

そりゃそうだ。これは私のオンリースカート。勇気がなくてまだ一度も着ていない。

「これはこの前、お父さんがくれたんです」

「やっぱりこっちのキュロットにしよう」

意見がころころ変わる人だな。

「コートはダウンよりダッフルの方が可愛いけど寒いよね。マフラー巻いてタイツの上に靴下履《くつしたは》けば何とかなるかな。明るい色のトップスって持ってる？　悠子《ゆうこ》ちゃんの他の服も見せて欲しいな」

という流れで、兄プロデュースによる私のお出掛けコーディネートが始まった。

できるだけ兄を部屋に入れたくない私はよいしょ、とタンスの引き出しを抜いてそのまま廊下《ろうか》に持って行った。すると、隣の部屋から出てきた兄は自分の使っている姿見を私の前にドンと置いた。

「う〜ん、色はいいけど丈《たけ》が合わないからボツ」

「ブーツが欲しいな。ボア付きなら温かいから悠子ちゃんも気に入ると思うし」

私の雑多なタンスの中身で、よくここまで考え付くものだ。兄は次々と私の後ろから服を当ててイメージを摑《つか》んでいる。さっきから首筋《くびすじ》に吐息《といき》が当たってこそばゆい。

「悠子ちゃん平気？　疲《つか》れてない？」

「このくらいでへばったりしませんよ」

「良かった。俺はある程度、統一《とういつ》感がないと気になるんだよね。体型とのバランスとか肌《はだ》の色によっても似合う色って違うし。けど自分のより悠子ちゃんのコーディネートを考える方が断然楽しいな」

「それは良かったです。私はあまり興味がないので正直考えるのが面倒《めんどう》で」

服一着で同人誌が何冊買えるか計算してしまう私にとって、お洒落の優先《ゆうせん》度は限りなく低かった。

「なら、今度から外出する時は俺が服を選んでもいい？」

「あー、どうぞどうぞ」

その方が手間も省けて気が楽だ。兄が選んでくれた服を着ている内に私のファッションセンスも多少は磨《みが》かれるだろう。

和泉さんは腕《うで》を組んで並べた服を吟味《ぎんみ》している。色素の薄《うす》い髪の毛に、理知的な眉《まゆ》、鼻《はな》筋《すじ》がスッと通っていてどこからどう見ても非の打ち所がない容姿なのに、廊下で胡坐《あぐら》をかいている姿は何だか滑稽《こっけい》だ。熱心に地味な服と睨《にら》めっこする兄を見て、私は堪《たま》らず笑ってしまった。

日曜日、私はそわそわと落ち着かない気持ちで自分の服装《ふくそう》を確認した。

秋に一度しか袖《そで》を通さなかった短いダッフルコートとタンスの奥底《おくそこ》にあったスカートっぽく見えるキュロット。

兄のコーディネートだけあって妥協《だきょう》のない完璧な一般人の装《よそお》いだ。基本寒がりの私は冬になるとダウンコートと長ズボンのワンパターンになるので、頑張《がんば》った感が否《いな》めない。

寒さ対策に毛糸の帽子《ぼうし》を被《かぶ》って、マフラーに手袋《てぶくろ》、タイツの上に靴下を履いて腹巻きもした。忘れ物がないかチェックして、時計を見ると家を出る時間が迫《せま》っている。私は慌《あわ》てて鞄を摑んで階段を下りた。

「和泉さん、おはようございます」

「おはよう、悠子ちゃん」

兄は唇《くちびる》に微笑《ほほえ》みを湛《たた》えて、私の元にやってきた。いつもよりきらきらしているように感じるのは気のせいか？　これから向かうのは撮影所《さつえいじょ》ではなく、漫画《まんが》の原画展ですよね。

ベージュのロングコートを身にまとった足長おじさんならぬ足長お義兄《にい》さんはまた一歩、私との距離《きょり》を詰《つ》めてくる。

じぃっと頭から爪先《つまさき》まで検分される身にもなって欲しい。早く外に出ようと促《うなが》しても一向にその気配がなかった。

「ちょっと待ってね」

いきなりマフラーを取られて何かと思えば、兄は自分の赤いマフラーを外してクルリと私の首に巻いて器用に結んだ。私の左肩《かた》に大きなリボンがくるように調整して、うん、と綺麗《きれい》に笑う。

「もっと可愛くなった」

平常心、平常心。服装の話であって私のことではない。結び方がプリティーになっただけで、私は可愛くなってない。

「お世辞《せじ》じゃないよ」

「そうそう、悠子ちゃん程可愛い娘《むすめ》はいない！」

褒《ほ》め殺《ごろ》そうとしてくる兄に抵抗《ていこう》しているところに、今度は父まで参戦してきた。親子でタッグを組むとかやめて下さい。多勢に無勢だ。いっそ殺してくれと思ってしまう私の心の弱さよ。鏡《かがみ》を見なくても自分の顔が紅潮《こうちょう》しているのが手に取るようにわかった。

「ほら、行くよ、悠子ちゃん」

気づかぬ内に靴を履き終えた兄が扉を開けて手招《てまね》きしている。私は見送る父に行ってきますと手を振って玄関《げんかん》に走った。

十時前にもかかわらず既《すで》に原画展の会場前には行列ができていた。だが何のこれしき、大手サークルの列に比べればぬるい。しばらくして列が前に進み、入り口で来場特典をゲットすると兄は待ち合わせ時間まで別行動を提案してくれた。これには私も助かった。

萌え萌えしている様《さま》を身内に見られるのが一番恥ずかしいのだ。母親の監視《かんし》付きで十八禁を読む息子のようなものだ。スゴい羞恥《しゅうち》プレイですよね。

「行ってきます」

私はビシっと気を付けをしてから、兄に畏敬《いけい》の念を込《こ》めて敬礼した。兄はぽかんとした表情で私を見ていたが、既にカウントダウンは始まっている。私は脇目《わきめ》も振らずに原画の海へ飛び込んでいった。

そして二時間後。五分前行動を常とする私ともあろう者が待ち合わせ時間に遅れてしまうとは。不覚である。それというのも原画展の限定グッズの前で小一時間悩んでしまったせいだ。

飛人と穂積君が睨みあって火花を散《ち》らすシーン（私にはキスする五秒前にしか見えない）

が印刷されたクッションカバーと飛人のペットのぬいぐるみ。どちらも捨《す》てがたかった。悩みに悩んだ末、私が選んだのはぬいぐるみの方だった。睨みあう二人は漫画や画集でも見れる。でもこのすべすべ柔《やわ》らかな触《さわ》り心地《ごこち》や愛くるしさはぬいぐるみでないと実感できない。会計を済ませた私は走って待ち合わせ場所に向かった。

遅刻したにもかかわらず、兄は慈愛《じあい》の笑みでもって私を迎《むか》えてくれた。しかも出口の傍《そば》に特大の原画が飾られていると言って案内してくれる。兄の背中に羽が見える。大天使並みの兄の心の広さに感謝していたら、原画の前に立たされた。

「写真、お願いしてもいいですか？」

兄がチェックのシャツをデニムにインした、いかにも私のお仲間っぽい男性に自分のカメラを渡している。ここで兄とまさかのツーショットですか!? しかも男の人に渡したカメラはプロ仕様の大きなレンズのついた逸品《いっぴん》で私は戸惑《とまど》った。いいのか、そのカメラの出番はここで合ってるのか。

「いいんですか」

「ここに撮影ＯＫって書いてあるでしょ。はい、俺の横に立って。もっと傍に。カメラに向かってにっこり笑ってね」

質問の意味を勘違いされた上に、予想外のツーショット撮影で私はパニックに陥《おちい》った。傍にって、既に隙間《すきま》十センチもありませんけど!? これ以上は勘弁《かんべん》して下さい!!

白目剝《む》いてるかも、この状況で笑うとか無理。シャッター音が終わり、解放された私はふぅっと息を吐《は》いて脱力《だつりょく》した。隣で兄が写真を撮《と》ってくれた男の人にお礼を言っている。

この人絶対「リア充め」って思ってるYO。私だって目の前で同じことを披露《ひろう》されたらそう思うもの。私達兄妹で恋人同士とかじゃないんだからね！　とツンギレたい。そうしたら私がソウルメイトだと通じ合えるだろう。

会場を出ると、無言の私に何を思ったのか兄は「せっかくだから一緒《いっしょ》に来た記念に写真を残したかったんだ」と申し訳なさそうにしながらはにかんだ。

その笑みに勝手に胸がきゅんとときめく。そういう必殺技はやめて下さい。リアルで男の人の笑顔が可愛いと思ったのは初めてだった。

「あんまり家族写真とか撮ったことがなくて、少し恥ずかしかったですけど新鮮でした」

本当はとぉっても恥ずかしかったです。穴があったら入りたい。そう思うのに、兄に喜んでもらえたなら耐《た》えた甲斐《かい》があったと思う自分もいて厄介《やっかい》だった。

兄曰《いわ》く、昼食予定のお店はここから少し離れた所にあるらしい。二人で都会的なお店のウィンドウを眺《なが》めながら歩いていると、兄が突然足を止めた。

「クリスマスに言ってたお願いって、今言ってもいいかな」

「どうぞどうぞ、何が欲しいんですか」

もしもに備えて今日はお金を多めに持ってきている。周囲は都心だけあってハイセンスなお店揃《ぞろ》いで、ここなら兄が買うような物も見つかりそうだ。

「物じゃないんだけど……手を、繋《つな》いでもいい？」

そんなことお願いするなんて——反則だ。

きっと、去年の兄なら何も言わずに私の手を握《にぎ》って振り回していた。

それが今はどうだ。私が再び泣くのを恐れるようにおずおずと願い出て、私の顔を覗《のぞ》き込んでいる。その兄のはっきりとした変化にある種の感動を覚えた。

何を言っても暖簾《のれん》に腕押し、猫《ねこ》可愛がりするだけだったあの兄が!!　私の意志を尊重してくれている。大切にしようとしてくれているんだ。

私は黙《だま》って兄の手を握った。優しさには優しさで返したい。兄は二次元でも、空に浮《う》かぶ月でもない。こうして手を繋げる程、近くにいる人になっていた。

一瞬《いっしゅん》、目を丸くした兄は口元に綺麗な弧《こ》を描《えが》いて指を絡める。その手を、私はもう振り払えなかった。

「もう怒ってませんよ。節度さえ守っていただければいいです。それより欲しい物とかありませんか」

兄がくれた素敵なクリスマスプレゼントや看病《かんびょう》に対して、手作りお菓子《かし》と手繋ぎだけでは私の気が済まない。

「悠子ちゃんからはもう充分《じゅうぶん》貰《もら》ったよ」

「そう言わずに！　ひとつくらいあるでしょう」

困った顔で兄は顎《あご》に手を当てた。無趣味《むしゅみ》で物欲《ぶつよく》もないとか、何を楽しみに生きているんだ!?　私は諦《あきら》めずに食い下がった。

「じゃあ、悠子ちゃんの時間が欲しいな」

今日みたいに一緒に色んな所に行きたい、と兄はぽつぽつと話し始めた。遊園地に動物園に地球の果てと言われた時はぶふっと噴《ふ》き出してしまった。それも冗談《じょうだん》ではなく、モンゴルで地球の果てが見れるのだと教えてくれた。

夢見る少年のような顔で語るので断る気も起こらなかった。コミュ障《しょう》の私でも兄と一緒なら外国でも何とかなるだろう。モンゴルは何語で話す所なのか。予習が必要かもしれない。

「その時は旅行代金を払いますから、ちゃんと金額教えて下さいね」

あ、パスポートも作る必要があるのか、と色々考えていたら兄が覆《おお》いかぶさってきた。ありがとうを繰《く》り返して、ぎゅうぅっと私の体を完全ホールド。苦しい。胸を叩《たた》いてもびくともせず私は早々に諦めた。これは何という格闘技《かくとうぎ》なのか、兄を責めたくなった。

「……いい加減《かげん》放して下さいよ」

ドキドキする理由なんて考えてはならない、心臓《しんぞう》が驚いているだけだ。私は深く息をして兄の胸に顔を埋《うず》めた。抱《だ》き締《し》められながら、人通りのある道の真ん中で顔を晒《さら》す勇気が私にはなかった。

　昼食に兄が連れて行ってくれたのはガレットのお店だった。女性が好きそうな内装《ないそう》でセットメニューには全てデザートが付いてくるようだ。みんな美味《おい》しそうで、目移りしてしまう。候補を二つに絞り込んでうだうだ迷っていると「じゃあ、俺がこっちのガレット頼むから分けっこしようか」と言ってくれた。感謝の気持ちを伝えると、

「その方が俺も嬉しいから」

　って大天使で紳士《しんし》ってどういうこと？

　兄が注文すると店員の女性は顔をポッと赤く染《そ》めた。うん、そうですよね。誰だってこんなイケメンに話し掛けられたら赤くもなる。だから、私の動悸《どうき》が跳《は》ね上がったのも決して変なことじゃない。自然現象に過ぎないのだ。

「よくこんな素敵なお店知ってましたね」

「下調べしといたから。悠子ちゃんに気に入ってもらえたみたいで良かった」

　そんな風に言われるとますますデートみたいで困る。私はさりげなく話題を逸《そ》らした。

「さ、さっきのカメラかっこよかったですね」

「あぁ、あれは前に父さんに貰ったヤツなんだ。久しぶりに引っ張り出してみた。そういえば、悠子ちゃんは結構父さんと仲いいよね。服とかアクセサリーも貰ってるみたいだし。父さんも男なんだから警戒《けいかい》しなきゃ」

「はぁ」

兄から貰ったシュシュは別ということなんだろうか。いくら何でも自分の父親相手にそんな言い方はない。

「悠子ちゃん専属《せんぞく》のスタイリストは俺なんだから、他の人にいじらせないようにね」

矛盾《むじゅん》してる気がするけど、ここで私が突《つ》っ込んだらどんな兄理論で打ちのめされるかわかったものじゃない。私は曖昧《あいまい》に言葉を濁《にご》した。

そんな話をしているうちに注文したガレットが来て、私は興奮《こうふん》した。テレビでは見たことあっても食べるのは初めてだ。ガレットの生地の真ん中から半熟《はんじゅく》卵と熱々のモッツァレラチーズが顔を覗かせている。トマトソースの香りが食欲をそそり、食べる前から私は確信していた。これは絶対に美味しい。

「いただきます」

「どうぞ召《め》し上がれ」

兄はガレットに釘付けの私を楽しそうに見ていたがそれどころじゃない。予想以上の美味しさに舌鼓《したつづみ》を打ちながらハッと思いついた。これは家で作れるんじゃないだろうか。

「確か、ガレットってそば粉でできてるんですよね」

「そうだね、どんな風に作るかまでは俺も知らないけど」

「たぶんクレープと同じ要領《ようりょう》で作れると思うんですよね。今度ウチで作ってみようかな」

「それはいいね、じゃあ俺のも味の参考に食べてみてよ」

フォークにガレットを乗せて「あ～ん」と口を開けさせようとするので断固拒否《きょひ》した。たとえ捨《す》てられた子犬のようにしゅんとした顔をされても譲《ゆず》る気はない。私は兄の手から即座《そくざ》にフォークを奪《うば》って味見させてもらった。うむ、美味《うま》い。

「悠子ちゃん冷たい」

「冷たくないです。はい、私のも分けてあげますから」

私が食べているガレットを切って兄のフォークに乗せてあげた。すると、兄は自分の口を指差して入れてくれと催促《さいそく》する。この小洒落《こじゃれ》た店でバカップルみたいな真似《まね》を私にしろと……？

無理矢理兄の手にフォークを握らせようとしたが受け取ってもらえない――散々、戦った上での苦渋《くじゅう》の決断だった。私はきょろきょろ左右を見てから兄の口に素早くフォークを突っ込んだ。

「な、何でそこまでして」

恥ずかしいこと極まりない。火照《ほて》ってた顔の熱は増していくばかりだった。

「ごちそうさま」

粘《ねば》り勝《が》ちした兄は嫣然《えんぜん》と微笑んで形のいい薄い唇を舐《な》めた。その色気のある仕草を正視できずに私は目を伏《ふ》せた。妹相手にこの人は何をしたいんだ。自分がどれだけ影響力のある人間かわかっていてこれだから、振り回されてばかりの私は何だか悔《くや》しい気持ちになる。

「ちょっとお手洗いに行ってきますね」

私は鞄を持ってササと席を立った。常識人の私には公開羞恥プレイは堪《たま》らないのです。トイレで少し気持ちを落ち着かせよう。

用を足した後、ハンカチで手を拭いて席に戻《もど》ると不思議《ふしぎ》なことが起こっていた。あれ、席間違えたかな。私の座っていた席に誰か座っている。髪の長さからして女性だろう。近づくとその席の前には兄の姿があって記憶違いではないことは確かだった。

席の横まで行くと私の存在に気付いた女性がキッと睨んでくる。相手はよく見なくてもアイドル級の美女だった。

「あなた誰？」

それは私の台詞《せりふ》ですが。私の席に勝手に座る非常識な美女に対して、嫌悪感《けんおかん》を抱《いだ》くのは当然の話だった。

十一 兄の落涙

冬休みも終わり、俺《おれ》は教室で『フライングバッターファンブック～プレイボール～』を読んでいた。良かったらどうぞ、と悠子《ゆうこ》ちゃんが貸《か》してくれたのだ。悠子ちゃんと行く原画展に向けて、俺はテストより真面目《まじめ》に勉強している。

「薄々《うすうす》感じてたけど、お前の妹ちゃんってオタクか？」

昼休みの鐘《かね》が鳴り、貴士《たかし》がサンドイッチを持って前の席に座《すわ》った。その視線《しせん》は一直線に俺の手元の本に注がれている。

「それが何か。漫画《まんが》でも何でも、夢中になれるものがあるってイイことじゃないか」

「おい、睨《にら》むなよ。悪い意味で言ったんじゃない。ただお前と妹ちゃん、掛け離《はな》れたタイプだから不思議《ふしぎ》に思ったんだよ。普段《ふだん》家で何喋《しゃべ》ってんだ、つか会話成り立つの」

「別に、普通に話してるよ。それにむしろ漫画が好きな子で良かった。趣味《しゅみ》を切っ掛けにして仲良くなることができるだろ」

言わば俺にとってこの漫画は、悠子ちゃんを知るための参考書のようなものだ。

「たとえば、悠子ちゃんはこのキャラが一番好きみたいなんだけど」

俺はファンブックを開いて、居城穂積《いしろほずみ》のページを指差す。

「所詮《しょせん》、相手は紙媒体《ばいたい》。こんなに安全かつ安心できる趣味はない」

悠子ちゃんは居城のような黒髪《くろかみ》が好きなんだろうか。黒髪に染《そ》めようか。二次元とはいえ好きな男のタイプであることには違《ちが》いない。

「……紙相手に嫉妬《しっと》するなよ。そんなんで、妹ちゃんに彼氏ができたらどうすんだ」

純情可憐《かれん》な悠子ちゃんに彼氏だと、一億《いちおく》年早いわ!! 不純異性交際、ダメ、ゼッタイ。

俺の目が白くなっても許さない。貴士の愚問《ぐもん》にはほとほと呆《あき》れるしかない。

「カレシ? ナニそれ。そんなゴミいなくても悠子ちゃん生きていけるよね」

そんな常識も知らないのかと俺は首を傾《かし》げた。

「また再発してるぞ……。聞いた俺が馬鹿《ばか》だったから落ち着け」

「俺は至《いた》って冷静だ」

貴士は溜息《ためいき》をついて俺の手元を指差した。見下ろすと悠子ちゃんから借りたファンブックが二冊に分断されていた。……どうやら犯人は俺で間違いないらしい。


日曜日、俺はリビングのソファで悠子ちゃんを待っていた。外出が楽しみなんていつ以来だろう。

「和泉《いずみ》さん、おはようございます」

「おはよう、悠子ちゃん」

階段から下りてきた悠子ちゃんの傍《そば》に寄り、上から下まで眺《なが》める。ネイビーのダッフルコートに黒のキュロット、グレーのニット帽《ぼう》がよく似合《にあ》っている。

「あの、早く行きましょうよ」

少し俯《うつむ》いて俺の背中を押そうとした彼女に笑みが漏《も》れてしまう。まだ何も言ってないのに、照れてるんだ。感情の赴《おもむ》くまま褒《ほ》めちぎったら、悠子ちゃんは羞恥《しゅうち》で部屋に閉じ込もってしまいそうだ。

「ちょっと待ってね」

俺は悠子ちゃんのマフラーを取って、自分のマフラーを首に掛けてあげた。昨日悠子ちゃんに似合いそうだと思い、動画を見て結び方を覚えたのだ。大きなリボンを肩《かた》に寄せて調節する。もっと可愛くなった、と満足のいく出来に笑うと悠子ちゃんは顔を真っ赤にした後、難しい顔をした。

「お世辞《せじ》じゃないよ？」

「そうそう、悠子ちゃん程可愛い娘《むすめ》はいない！」

いつの間に……。親父《おやじ》が指でカメラのシャッターを切る真似をして「カメラ持ってくるんだった」と呟《つぶや》いた。こういう時、親父と血の繋《つな》がりを感じて嫌《いや》になる。悠子ちゃんが親父のカメラの餌食《えじき》になる前に、俺は玄関《げんかん》で靴《くつ》を履《は》き悠子ちゃんを急《せ》かした。

「ほら、行くよ、悠子ちゃん」

親父に手を振り、悠子ちゃんがパタパタと走り寄ってくる。その様は段々懐《なつ》いてきてくれた猫《ねこ》のようで、思わず頬《ほお》が緩《ゆる》んだ。

原画展の会場に着くと、開場前にもかかわらず長い行列ができていた。その最後尾に悠子ちゃんと並ぶ。悠子ちゃんは嫌な顔ひとつせず、にこにこしていた。

すごいご機嫌《きげん》だな。出掛《でか》ける場所をここにして本当に良かった。最初は映画や水族館を考えていたが、悠子ちゃんの購読《こうどく》書である週刊誌《し》を読んで変更した。その少年誌には、悠子ちゃんの好きな漫画の原画展について特集されていた。これだ！　と思った。悠子ちゃんに確実に楽しんでもらえて、俺も勉強になる。

「来場記念に限定のクリアファイルが配布されるんですよ。二種類《しゅるい》あるんですけどどっちが貰《もら》えるかなぁ」

「じゃあ俺と被《かぶ》らないといいね。俺の分は悠子ちゃんにあげるから」

こんな風に悠子ちゃんの好きなことについて和《なご》やかに話せる日が来るなんて。衝突《しょうとつ》したり、思いがけず泣かせてしまったり、自分が情けなくなったこともあったけど諦《あきら》めなくて良かった。今となっては悠子ちゃんなしの生活など考えられない。

「いいんですか。ありがとうございます」

いつもは遠慮《えんりょ》する悠子ちゃんもこの漫画に関しては別のようだ。

会場の中に入って、俺はまず待ち合わせ場所と時間を決めた。俺が傍にいたら、悠子ちゃんは気を遣《つか》ってゆっくり見れないだろう。俺は少し離れた所から作品に瞳《ひとみ》を輝《かがや》かせる悠子ちゃんを観察し、ついでに絵も見る。完璧《かんぺき》だ。

悠子ちゃんは俺の提案に満面の笑みで頷《うなず》いて、「行ってきます」と額《ひたい》に手を当てて敬礼をした。

え、何だ、これ。ずきゅんと胸《むね》に鋭《するど》い矢が深々と突《つ》き刺《さ》さった。何という凶器だ。軍人の敬礼には何も感じないけど、悠子ちゃんがするとこんなに可愛いものだったのか……ッ！

可愛さに悶《もだ》える俺を気にも留めず、絵に夢中の悠子ちゃんはどんどん離れていく。これは目が離せない。俺は気合を入れ直し、人混みを縫《ぬ》って悠子ちゃんの背中を追った。

待ち合わせ時間を少し過ぎた頃《ころ》、悠子ちゃんは戻《もど》ってきた。ずっとグッズコーナーの前で悩《なや》んでたもんなぁ。時間だから俺は先に戻ったけど。恐《おそ》らく悠子ちゃんはぬいぐるみを買ったのだろう、肩にさげた大きなトートバッグがもこっと膨《ふく》らんでいた。

「遅《おそ》くなってすみませんっ」

「大丈夫だよ、満喫《まんきつ》できたみたいで良かった。出口の所には特大原画が飾《かざ》られているみたいだよ、見に行こう」

「はい！」

元気よくお返事する悠子ちゃんの上気した頬に口づけたくなったけど我慢《がまん》だ。俺は常に忍耐力《にんたいりょく》を試されている。

「写真、お願いしてもいいですか？」

原画の前に立って俺がお願いした相手は、一眼レフカメラを首に掛け、リュックの脇《わき》に三脚《さんきゃく》を差した男性だ。この人なら俺と悠子ちゃんの写真を上手に撮《と》ってくれるだろう。

「いいですよ」

了解《りょうかい》が貰えたので男性に俺のカメラを託《たく》す。悠子ちゃんは戸惑《とまど》った表情で「いいんですか」と言う。会場内では基本カメラはＮＧだと表記されていたからだろう。だがこの特大原画の前に限っては写真撮影《さつえい》可になっていた。

「ここに撮影ＯＫって書いてあるでしょ。はい、俺の横に立って。もっと傍に。カメラに向かってにっこり笑ってね」

準備が整うと男性は素早くシャッターを切ってくれた。カシャカシャとアングルを変えて連写される。悠子ちゃんの表情はくるくる変わるから、その変化も記録《きろく》に残っていると思うと、あとでファイルを見るのが楽しみだった。

「ありがとうございます」

ズキューン

男性は俺にカメラを返してペコリと頭を下げて立ち去っていく。無駄話《むだばなし》ひとつしないそのストイックな姿勢に俺は感心してしまった。

会場を出ると、朝の行列は消えていた。外気は思いの外冷たく、雲行《くもゆ》きが怪《あや》しくなっている。人前で写真を撮られてむくれている悠子ちゃんに俺はせっかくなら記念になるものを残したかったと白状した。

「あんまり家族写真とか撮ったことがなくて、少し恥《は》ずかしかったですけど新鮮でした」

悠子ちゃんは頬を染めて笑顔を浮《う》かべた。うん、安定の可愛さだ。

昼食の店は、会場から徒歩で十五分程の所にある。俺達は建ち並ぶ店を眺めながら街を歩いた。日曜日だけあって、家族連れや恋人《こいびと》同士など人通りが多い。悠子ちゃんは時々、人とぶつかりそうになって危なっかしかった。はぐれたら大変だ。俺はふと思い出して、躊躇《ためら》いがちに悠子ちゃんに尋《たず》ねてみた。

「クリスマスに言ってたお願いって、今言ってもいいかな」

「どうぞどうぞ、何が欲《ほ》しいんですか」

「物じゃないんだけど……手を、繋いでもいい？」

勝手に触《さわ》って泣かせたくない。同じ失敗を繰《く》り返せば、お人好しの悠子ちゃんでも俺に失望するだろう。目を瞠《みは》った悠子ちゃんはしばらく黙考《もっこう》していた。その時間が俺にはとても長く感じられた。

　緊張《きんちょう》しながら返事を待っていると、きゅっと小さな手が俺の手を握《にぎ》った。悠子ちゃんはいつか見た、子を慈《いつく》しむような女神の微笑《ほほえ》みを浮かべている。俺は嬉《うれ》しくて、手と手の隙間《すきま》を埋《う》めるように指を絡めた。

「もう怒ってませんよ。節度さえ守っていただければいいです。それより欲しい物とかありませんか」

　たとえ欲しい物があったとしても自分で買う。悠子ちゃんにお金を払わせるなんて言語道断だ。

「悠子ちゃんからはもう充分《じゅうぶん》貰ったよ」

「そう言わずに！　ひとつくらいあるでしょう」

　本心なんだけどな。何で物にこだわるんだろう。俺が悠子ちゃんに望むのは物じゃない。心とか笑顔とか信頼とか、いつだって形のないモノだ。そう、貰えるのなら、

「じゃあ、悠子ちゃんの時間が欲しいな。今日みたいに一緒《いっしょ》に色んな場所に出かけたい。俺は悠子ちゃんとなら遊園地だって動物園だって地球の果てまでだって行くよ」

「ぶっ、ち、地球の果てって」

「あ、冗談《じょうだん》だと思ってるね。すぐには行けないけど、実際モンゴルの地平線を見ればわかる。見渡《みわた》す限りに広がる青い空と草の海の上に立てば、地球の端《はし》に立っているような気

分を味わえるよ」

「行ったことあるんですか?」

「……父さんがね。昔、写真を見せながら教えてくれた。いつか見に行ってみたいな、悠子ちゃんと」

自分が世界で一番不幸な少年だと思っていた頃、自由に飛んでいける親父が羨《うらや》ましかった。親父からその写真を見せられた時、ファインダーに収まりきらない広大さに目を奪《うば》われた。そこに行けば自分の悩みがちっぽけなものになってくれるのではないかと夢想《むそう》した。

「その時は旅行代金を払いますから、ちゃんと金額教えて下さいね」

その所帯染《じ》みている現実になりそうな言葉に俺は泣きそうになった。涙《なみだ》を見られたくなくてぎゅうぎゅう抱《だ》き締《し》めると、悠子ちゃんに胸を叩《たた》かれた。

「ありがとう、ありがとう」

幸せすぎてどうにかなってしまいそうだった。何で彼女はこんなにも俺を喜ばすのが上《う》手《ま》いのか。俺の感じていた孤独《こどく》を簡単《かんたん》に吹き飛ばして、ひどく甘《あま》やかで幸せな未来を見させてくれる。

「いい加減《かげん》放して下さいよ」

そう言う悠子ちゃんの抵抗《ていこう》はない。抱き締められたままでいてくれる妹の存在に俺はまた少しだけ泣いた。

浮かれすぎかな。俺は頬杖《ほおづえ》をつきながら、小走りでお手洗いに向かう悠子ちゃんの後ろ姿を眺めていた。

出来立てのガレットを前に花開いた笑顔も、ハムスターのように口に含《ふく》んでもぐもぐするところも、真っ赤な顔でガレットを分けてくれた時の表情も、全て脳裏《のうり》に焼《や》き付けた。

悠子ちゃんと一緒にいる一瞬一秒《いっしゅんいちびょう》が尊《とうと》い。今まで怠惰《たいだ》に流れていた時間を全て今日に注ぎ込《こ》みたいと思えるくらい、俺は楽しんでいた。――目の前に因縁《いんねん》の女が現れるまでは。

「久しぶりね、和泉」

シナモンブラウンの髪《かみ》をくるんと内巻きにしたボブカット、耳にはパールのピアスをつけている。服装《ふくそう》はペールピンクのアンサンブルと花柄のシフォンスカートでお嬢様《じょうさま》然としているがその外見に騙《だま》されてはいけない。俺は天敵《てんてき》である従姉《いとこ》、冴草安里《さえぐさあんり》に昔から辛酸《しんさん》を舐《な》めさせられてきた。

「こういうお店にも来るのね、意外だわ」

末っ子の親父には二人の兄がいて、長男には一人娘の安里、次男には双子《ふたご》の姉妹がいる。俺にとってこの従姉妹《いとこ》は悪魔《あくま》の三姉妹だった。

「今度ウチにいらっしゃいよ。お父様も和泉に会いたいって言ってたわ」

親父の実家は地元でも有名な資産家で、多くの土地を所有している。息子のいない伯父《おじ》は俺を婿養子《むこようし》にして跡《あと》を継《つ》いで欲しいと考えているのだ。俺が生まれた時から、ずっと。

「話、聞いてる？」

三歳《さい》年上の安里は三姉妹の中でも一番気が強い。自分至上主義で話も通じない。顔も見たくなければ声も聞きたくない。安里は許可もしていないのに、悠子ちゃんの席に座った。

「同席を許《ゆる》した覚えはない」

喉《のど》から声を絞《しぼ》り出す。俺がきつく睨んでも、安里はやっと目を合わせてくれたと嬉しそうに笑うだけだった。反吐《へど》が出る。昔から、この女は変わらない。

「相変わらず和泉は私が一緒だと緊張しちゃうのね」

幼《おさな》い頃の映像がフラッシュバックする。

気付けば俺は、掛け軸《じく》の飾られた畳《たたみ》の部屋に座らされていた。床《とこ》の間《ま》の青磁《せいじ》の花瓶《かびん》には百合《ゆり》の花が活けられていて、俺は昔からその香りが苦手だった。着物を着た幼い少女達が自分を囲んできゃらきゃらと笑っている。順番に向かい合わされ、愛の言葉を強要される。

私が一番だよね？　と抱き着いて唇《くちびる》を重ねてくる。その様子を廊下《ろうか》を通りかかる伯父が微笑ましげに眺めていた。

逆らえば三姉妹がお仕置きと称《しょう》して俺を土蔵《どぞう》の中に閉じ込めた。何度伯父に訴《うった》えても「安里はかくれんぼをしていたと言っていたぞ」と俺の言葉より娘の嘘《うそ》を信じた。

俺が許されるのは、首を縦《たて》に振ることだけだった。泣いても、怒っても、訴えても、苦しくても、誰《だれ》も助けてくれない。

急に空気が薄くなったように感じた。手先が震《ふる》えて、冷たくなってくる。悠子ちゃんに触《ふ》れても拒絶《きょぜつ》反応が出なかったから女性恐怖症は緩和《かんわ》してきたのかと思っていた。俺は背中を丸めて、荒くなる息を手で隠《かく》した。

「あなた誰？」

安里の敵意《てきい》のこもった声を聞いて俺は目を伏《ふ》せた。こんな情けないところ、見せたくなかったのに。――俺の大切な妹が戻って来てしまった。

「大丈夫ですか」

すぐに俺の異変を察した悠子ちゃんが背中を擦《さす》ってくれた。その小さな手の感触《かんしょく》に俺は胸を撫《な》で下ろす。彼女に触れられても鳥肌《とりはだ》が立たないことに安堵《あんど》した。

「あんまり」

「ですよね……原因はこの人ですか」

悠子ちゃんに小声で聞かれて俺は頷いた。

「ちょっと和泉、このコ誰？　遊びでも浮気は許さないわよ」

怒《いか》りの矛先《ほこさき》が俺に変わる。彼女は自分の思い通りにならないと甲高《かんだか》い声で当たり散《ち》らす癇癪《かんしゃく》持ちだ。その声を聞くだけで過去の暗い記憶《きおく》が蘇《よみがえ》り気分が悪くなった。

「私は、和泉さんの義妹《いもうと》の冴草悠子と申します。兄の具合が悪いようなので失礼しますね」

「あぁ、この前正輝叔父《まさきおじ》様が新しい奥さんを連れて挨拶《あいさつ》に来たわね。コブつきだったの。和泉は昔から私を前にすると緊張して話せなくなっちゃうのよね。血の繋がりもない他人が口出ししないでくれる」

ふんぞり返った安里がシッシと犬を追い払うように手を振った。出て行くべきなのは、俺と悠子ちゃんのデートを邪魔《じゃま》するお前だ。顔も見たくなくて、俺はひたすら悠子ちゃんの手のぬくもりに集中した。

「この方、ご親戚《しんせき》ですか。随分《ずいぶん》と不躾《ぶしつけ》な方ですね」

「従姉なんだ。これで成人してるんだけど。名前は冴草安里」

悠子ちゃんが驚《おどろ》きで目を丸くした。彼女と話していると気が楽になる。冷える両手を擦《こす》れば悠子ちゃんがぎゅっと握ってくれた。俺の小さな変化に気付いてくれたことが何より嬉しい。

「ご存じないんでしょうけど、私と和泉は親公認で結婚を約束した仲なの。部外者はお引き取り願えるかしら」

悠子ちゃんを見ると安里にドン引きしているのが伝わってきた。

「お待たせ致《いた》しました。苺《いちご》のミルフィーユガレットでございます」

ウエイトレスが安里の前に皿を置く。知らぬ間に安里が注文していたらしい。

「あの、そこは私の座っていた席なんですけど」

悠子ちゃんの訴えはもっともだ。しかし相手は普通の神経《しんけい》を持ち合わせておらず、席を立ったりはしない。

「じゃあ、この食べ掛けのお皿は貴女《あなた》のよね。はい、どうぞ」

安里は皿を悠子ちゃんに向けてすっと滑《すべ》らせた。テーブルを滑るお皿のスピードは思いのほか速く、防ごうとした時には既《すで》に遅かった。悠子ちゃんの体に当たって床《ゆか》に落ちた皿は、ガチャンと音を立てて割れた。服にはガレットがべっちゃりと貼《は》り付いている。

「だ、大丈夫ですか、お客様！　今、布巾《ふきん》をお持ち致しますね」

傍にいたウエイトレスが慌《あわ》てて厨房《ちゅうぼう》へ戻っていく。悠子ちゃんはテーブルの上のティッシュでガレットを落としてから安里に近づいていった。

「安里さん、外でお話ししましょう」

「私は今食事が来たばかりなんだけど」

ぎろっと鋭い目つきで安里がねめつけても、悠子ちゃんは怯《ひる》まなかった。

「私は安里さんと違って常識を弁《わきま》えてます。周りを見て下さい。皆さん食事どころではないですよ」

俺達の四方のテーブルは勿論《もちろん》、立ち上がってこちらにスマホを向けている野次馬《やじうま》もいた。戻ってきたウエイトレスもいつ布巾を渡せばいいのか困った様子を見せながらも興味津々《しんしん》のようだ。

ようやく好奇の視線に晒《さら》されている事実に気付いたのか、安里の顔がかぁっと赤く染まった。

「すいません、和泉さん。ここで待ってて下さい。すぐに戻ります」

悠子ちゃんは安里を引っ張って颯爽《さっそう》と店を出て行く。一人、取り残された俺はただただ茫然《ぼうぜん》とするしかなかった。

十二 妹の反撃

店の外に出ると、しとしとと雨が降り始めていた。私は濡《ぬ》れるのも気にせず街中を歩く。安里《あんり》さんが途中《とちゅう》で雨を気にして店に戻《もど》ろうとしたので「逃《に》げる気ですか」と挑発《ちょうはつ》すれば「っ何ですって」と肩《かた》を怒《いか》らせてついてきた。コツを摑《つか》めば扱《あつか》いやすい人かもしれない。

足を止めたのは、街の喧騒《けんそう》から離《はな》れた小さな公園だった。私は振り返って安里さんと向かい合う。

「さぁ、何から話しましょうか」

目の前の二十歳《はたち》を過ぎているらしい女性は、中学生の私に剝《む》き出しの敵意《てきい》を向けている。

私は義理とはいえ和泉《いずみ》さんの妹だ。目の敵《かたき》にされる覚えはない。

「大人しそうな顔して随分《ずいぶん》と好戦的ね。和泉、騙《だま》されてるんじゃないの」

兄が女性を苦手になった原因に、間違《まちが》いなくこの女性も関わっている。安里さんを前にした兄は普通《ふつう》じゃなかった。顔は青褪《あおざ》め、握《にぎ》った手は震《ふる》えていた。

安里さんは緊張《きんちょう》しているだけなんて自惚《うぬぼ》れていたが、兄は怯《おび》えていた。相手は兄より弱い女性にもかかわらずだ。

「好戦的、ですか」

そんなこと初めて言われた。いつもの私なら、安里さんのような強気で面倒《めんどう》くさい女性を前にしたら逆らわないで謝っていた。良くも悪くも事なかれ主義だから平和的解決方法を選択《せんたく》する。けれど、今だけは一歩も譲《ゆず》る気になれなかった。

「その顔でよく和泉の妹を名乗れること。調子に乗ってるの？　私と和泉の結婚を反対しても無駄《むだ》よ。冴草家《さえぐさけ》当主である父の決定は絶対。貴女《あなた》に何を言われようと、変わらないわ」

この人は何も見ていない。兄の青白い顔色も、首から覗《のぞ》いた発疹《ほっしん》も、苦しそうな息遣《いきづか》いも、冷え切った声も全て無視《むし》して緊張の一言で片づける。気にしているのは自分のプライドと兄の容姿だけだ。

「じゃあ、私がその絶対を覆《くつがえ》しますよ」

今まで一番腹立《はらだ》たしくて悔《くや》しいのは、己《おのれ》の失敗や未熟《みじゅく》さだと思っていた。

——でもそうではなかったのだ。兄を都合のいい人形のようにしか見ていない安里さんと会って、はっきりと気付かされた。

一番許せないのは、自分の大切な人を無下にされた時だ。

何で兄の救難《きゅうなん》信号に誰《だれ》も気付かなかったんだろうか。傍《そば》にいたお父《とう》さんも、婚約《こんやく》を決めた安里さんの父親も、幼《おさな》い頃《ころ》から遊んでいた安里さんも、兄の身近な人達、みんな。

和泉さんの苦痛《くつう》に歪《ゆが》んだ表情や拒絶《きょぜつ》反応を見て見ぬふりして、保身に回っていたんじゃないだろうか。幼い和泉さんを犠牲にしていたんじゃないだろうか。それが堪らなく悔しくて腹立たしかった。

「なっ」

「あなたに和泉さんは渡《わた》せません。人の席に勝手に座《すわ》って、婚約者の妹に対して喚《わめ》き散《ち》らして、食べかけの食事を人に投げ付けるって……大人として恥《は》ずかしくないんですか」

「まぁ、たとえ安里さんがお上品に挨拶《あいさつ》してきても私は二人の結婚には反対しますけど」

「そんなの私が気に入らないだけじゃないの」

「そうですよ。あなたは和泉さんを幸せにしようなんて考えは毛頭ない。綺麗《きれい》なお人形を隣《となり》に並べたいだけでしょう」

「……馬鹿《ばか》にしないでよ」

パシンと怒り心頭の安里さんが私の左頰《ほお》に強烈《きょうれつ》な平手打ちを叩《たた》き込《こ》んだ。音だけでもすごかったのに、安里さんの付け爪《づめ》という凶器がガリッと私の頰を引っ搔《か》いた。ついでに眼鏡《めがね》を落とされるという三段攻撃《さんだんこうげき》だ。

「図星でしたか」

「違うわ。私は、私は十七年間、ずっと和泉が好きで、それは誰にも負けないんだから」

再び、平手が飛んできたが何度も素直に叩かれる私ではない。サッとしゃがんで相手の鳩尾《みぞおち》に拳《こぶし》を打ち込んだ。安里さんはゆらりとよろめいたが倒《たお》れずに踏《ふ》みとどまる。

「暴力《ぼうりょく》女！」

「先に手を出したのはそちらですよね」

また叩かれると思って警戒《けいかい》したら今度は左足に激痛《げきつう》が走った。五センチはあるだろうヒールで足の甲《こう》を踏まれたのだ。声に出せない痛《いた》みに耐《た》えていると安里さんがにやりと笑うのが見えた。私は油断している安里さんの太ももに右足で蹴《け》りを入れてやる。

「いったい」

「時間の長さで、思いの強さで、ましてや勝ち負けで決まると思ってるならそれは愛なんかじゃない、ただの自己満足です！　和泉さんが目の前で苦しんでいたのに、何で素知ら

ぬふりができるんですか。十七年間も好きなら気付いて下さいよっ」

十七年もあれば、兄が何をすれば喜び、何をすれば悲しむかなんていくらでも気付ける時間があった。好きなら言葉ではなく、行動で証明して欲しかった。

「自分の気持ちを押し付けるだけのあなたを私は認めない。これ以上和泉さんに苦痛を与えるつもりなら、私が受けて立ちます」

降りしきる雨、睨《にら》みあう二人の女、人気《ひとけ》のない静かな公園は絶好の戦いの場と化していた。掛かってこいやと、と待ち受けていたら安里さんは姿勢を低くして相撲《すもう》取りのように頭から突進《とっしん》してきた。想定外のエドモンドな力士《りきし》並みの頭突《ずつ》き技《わざ》に私は悟《さと》った。

あ、これダメなやつだ、と。

私の体は物の見事に背中から泥水《どろみず》へダイブした。倒れた私には仁王立《におうだ》ちする安里さんは巨人のように見えた。私を見下ろす安里さんはどや顔で挑発《ちょうはつ》してくる。くそぅ大人げないぞ、安里嬢《じょう》。

目に物見せてやる。ぎゅっと手に泥《どろ》を摑んで振りかぶったその時、背後から腕《うで》を摑まれた。

「俺《おれ》はもう大丈夫だからやめて」

振り返ると、そこにいたのは息を切らした兄だった。

「和泉、来てくれたの」

安里さんの鬼《おに》の形相がパァッと恋《こい》する乙女《おとめ》の顔に豹変《ひょうへん》した。期待に瞳《ひとみ》を輝《かがや》かせる安里さんに目もくれず、兄は私の手を取って立ち上がらせる。

「帰ろう。体も冷えてるよ。せっかく風邪《かぜ》治ったのに。ほっぺも血が出てる。早く手当てしないと」

「平気です。死にゃしません」

私は頬の血を手の甲で拭《ぬぐ》った。

「それより私の眼鏡、そこらへんに落ちてませんか」

「それより？　どれだけ俺が心配してるか知らないでしょう。すぐ戻るって言ってたけど戻ってこないし、ねぇこれが悠子《ゆうこ》ちゃんの言う《話し合い》？」

「……もう拳で語り合うしかなかったんですよ」

私だって好きで泥パックしてるわけではない。暴力だって反対派《は》だ。しかしわかって欲《ほ》しい、引くに引けなかったのだ。

「アレは話の通じる相手じゃないからね。どうせあっちから手を出してきたんだろう。直情的ですぐに逆ギレして八つ当たり。で、最後は泣き真似《まね》して周りの同情を買おうとする。ガキの頃から成長しない碌《ろく》でもないヤツだよ」

「いずみ、」

言ってる傍から安里さんは涙目《なみだめ》で兄にすり寄ってきた。私は立ち上がってすかさずガードする。

「こら、危ないからやめて」

私を背中に隠《かく》した和泉さんは安里さんを華麗《かれい》にスルーして私と公園の出口を目指した。

「何で……？　私が一番だって言ったじゃない」

背後から悲劇のヒロインの声がする。私がちらっと兄を見上げるとわかってるよね、と言わんばかりの笑顔を向けられた。はい、アレに構っちゃいけないんですね。

「絶対に諦《あきら》めないんだから」

安里さんの力のこもった悔しげな声がこれまた演技臭《くさ》い。膝《ひざ》から崩《くず》れ落ちた安里さんが目の端《はし》に映《うつ》る。もしかして今はお涙頂戴《ちようだい》の感動シーンなんだろうか。こんなザーザー降りの雨の中、観客の同情を引こうにもまず人が歩いていない。何という無駄な努力。それに本当に好きならみっともなくても追いかけるべきだろうとお節介《せつかい》ながら思ってしまった。

冷たい雨が霰《あられ》に変わった。私達は休業した店先で、空を見上げながら雨宿りしている。顔に霰が当たると地味に痛い。伝って流れた水滴《すいてき》が頰の傷《きず》に沁《し》みた。

――にしても、眼鏡は諦められるがそれ以上に諦められないものが私にはあった。

「和泉さん、私の荷物は……」

「雨で濡れるといけないからお店の人に頼んで預かってもらったよ」

ブラボー！　買ったばかりのグッズがびしょ濡れだったら私は泣く。時間の長さなんか関係ない。ちゃんと相手を見ていれば、相手が何を大切にしているかなんてわかってしまうものなのだ。

「和泉さん、ありがとうございます。心配掛けてごめんなさい」

私は隣に立つ兄に頭を下げた。適当に入った公園だったから私を見つけるのにも苦労したはずだ。

「アレを連れ出してくれたのは俺のためだったんだろう。俺が具合悪そうにしてたから、引き離してくれたんだよね。俺の方が兄なのに情けないね」

「情けなくなんかないですよ。体が拒否《きょひ》するくらい安里さんが苦手なのに、私を捜《さが》しに来てくれたじゃないですか。和泉さんが来なかったら、私はボロボロになるまで安里さんと戦ってましたからね。結果的にも良かったです」

「……体格差からしてどう考えても悠子ちゃんの方が不利だよね。悠子ちゃんには拳を交える前に気付いて欲しかった」

「わかっていても止まらなかったんです。あの人はずっと和泉さんの傍にいたのに、私だったらもっと」

「もっと、何？」

兄が身を屈《かが》めて囁《ささや》くように先を促《うなが》す。私はその砂糖菓子《さとうがし》のような甘《あま》さに恥ずかしくなって顔を逸《そ》らした。

「できることがあるって、そう思ったんです」

「俺の好物作ってくれたり、俺と一緒に地の果てまで行ってくれたり、俺の嫌いな婚約者を追い払ってくれたり？」

任せて下さい、私は胸《むね》を張って答えた。

「俺の胸に飛び込んで来てくれたり？」

兄は両手を広げて私を待っている。それで喜ぶならと私はその胸に飛び込んだ。

これも今となってはただの言い訳に過ぎない。喧嘩《けんか》が止まらなかったのも、距離《きょり》を置きたかった本当の理由も、私は不覚にも気付いてしまった。

「俺、もっと早く悠子ちゃんに会いたかったなって最近いつも思ってるよ」

「本当の兄妹みたいにですか？」

私がクスリと笑うと兄は最高だね、と答える。兄が嬉《うれ》しいと私も嬉しい。兄が傷つくと私はもっと痛い。自分を大切にして欲しい——胸にストンと兄の台詞《せりふ》が落ちてきた。

あの時の私は自信を持ってと兄に言われても、何に自信を持てばいいのかさえ見当がつかなかった。でも今なら自信を持って言えることがある。

「大丈夫ですよ、たとえばいつか両親が別れても、同じ屋根の下に暮らせなくなっても」

びくっと震えた兄の不安を拭うように、私は背中に回した腕に力を込めた。

「和泉さんは私の大切な人です」

腕の中で見上げた兄は泣きそうな顔で笑っていた。

兄は意外と涙脆《もろ》い人だ。私とした未来の約束に、見えない繋《つな》がりを信じて泣いてしまうような繊細《せんさい》で寂《さび》しい人。子供《こども》の頃、常にストーカーに追い回されるような日常を送っていた兄だからこそ、平穏《へいおん》な生活を送れる今が幸せすぎて壊れるのが怖《こわ》いのだろう。

「悠子ちゃんと会えて良かった」

「それはね、私の台詞ですよ」

兄に出会わなければ、私は知らないままだった。寂しいことも、人に甘えることも、戦うことも、譲れないことも、新しく芽生《めば》えた感情も、みんな兄が教えてくれた。

だから私はその全てで以《もっ》て、孤独《こどく》を包《つつ》み込もう。兄の幸せが一分一秒でも長く続くように。


翌日、父の車に乗って病院に行くと、全治三カ月と診断された。ハイヒールで踏まれた足の甲は骨折《こっせつ》しているらしい。道理で痛いはずだよ。でも松葉杖《まつばづえ》をつければ歩けるし、骨折したのが可動部じゃないだけマシだ。

それに何より、私にとって一番ダメージが大きかったのは、兄の心配性が加速したことだった。風邪の時も相当だったけど、今回はもっとひどい。以前は看守《かんしゅ》のようだった兄が、まるで下僕《げぼく》の如《ごと》く私に仕えているのだ。

のろのろ足で家に帰ると、兄は床《ゆか》に膝をつけて手ずから私の靴《くつ》を脱《ぬ》がし、お姫様《ひめさま》抱《だ》っこで部屋まで運ぶ。部屋で授業の復習をしていれば、ノックの音と共に運ばれてくるのはアフタヌーンティーとベリーのチーズケーキ。チーズクリームのまろやかな甘さとブルーベリーとイチゴの酸味《さんみ》が絶妙《ぜつみょう》なハーモニーを生んで、舌《した》に心地よく響《ひび》く。ええ、感動のお味ですよ。けど限度がある。毎日毎日カロリーの高いモノを与えて、私を豚《ぶた》にする気か。

兄は自分のせいで私が怪我《けが》をしたと思っている。このお菓子も罪滅《つみほろ》ぼしの一環《いっかん》なのだろう。俺にできることは何でもするからと言われても、それを優秀《ゆうしゅう》な兄に実行されたら私のすることがなくなる。

そして今回の件は兄だけでなく、父まで責任を感じているようだった。今度の土曜日に安里さんの父親と話し合いの場を設けると教えてくれた。兄と安里嬢の婚約は破棄《はき》、私への乱暴に関しては弁護士《べんごし》を呼んで……ってぇぇ、事が大きくなりすぎている。

そこまでしなくてもいいですよ、と何度訴《うった》えても父と兄は決して首を縦《たて》に振らない。母にも何とか二人の暴走を止めてもらえないかお願いしてみたが、既《すで》に母も説得に失敗した後だった模様《もよう》。私と母は顔を見合わせて肩を竦《すく》めた。


決戦は何故《なぜ》か金曜日だった。

学校から家に帰ると珍《めずら》しく兄がいなかった。私の方が早かったようだ。この家に越《こ》して来て、学校が遠くなったところに今回の骨折だ。バスを使おうにもかえって遠回りになってしまう。仕方なく私はいつもの倍以上の時間をかけて歩いて登下校している。

お姫様抱っこから逃《のが》れられることに安堵《あんど》しながら慎重《しんちょう》に階段を上ろうとしたその時、インターホンが鳴った。面倒だな、と思いつつ玄関《げんかん》まで戻って、扉《とびら》の覗き窓から相手を確認する。

そこにはスーツ姿の知らないおじさんが立っていた。出ようか迷っていると相手が扉越しに話し掛けてきた。

「冴草正寿《まさとし》です。どなたかご在宅《ざいたく》だろうか」

もしかしてこの人は安里さんのお父さん？　約束は土曜日のはずだけど勘違《かんちが》いしたのだろうか。今、家には私しかいないけど……見た感じ危険人物である安里さんは連れていないようだし、礼儀《れいぎ》正しい人のようだ。あとで兄に怒られるな、と覚悟《かくご》を決めつつ客用のスリッパを出した。ガチャリと扉を開けて、こんにちはと頭を下げる。

「こんにちは。君が、和泉の義理の妹の悠子さんかな？」

伯父《おじ》は渋《しぶ》い顔立ちをしていて、体格はラグビー選手のようにがっちりしている。あまり父には似ていなかった。

「はい。どうぞお上がり下さい」

私が靴箱の前に置いた松葉杖を脇《わき》に挟《はさ》んで歩き出すと、伯父は目を丸くしたまま玄関で立ち尽《つ》くしている。

「その怪我は……」

「ともかく中へどうぞ。ずっと立っているのもつらいので」

「そうだな、申し訳ない」

安里さんはこんなまともな人の血を引いているのか。私は信じられない気持ちで伯父をリビングに招《まね》き入れた。

「粗茶《そちゃ》ですが」

湯呑《ゆの》みをダイニングテーブルの上に置く。本当なら急須《きゅうす》にお湯を注いでお茶を淹《い》れたいが怪我で普段より移動に時間が掛かるので諦めた。ペットボトルのお茶で我慢《がまん》してもらおう。私は椅子《いす》に座り、伯父と向かい合った。

「ありがとう、君は中学生だと聞いたがしっかりしているね」

比べる対象が安里さんなら誰でもしっかりした人になってしまう。彼女は見るからに高飛車なお嬢様で、甘やかされて育ったのを隠そうともしていなかった。私なら恥ずかしくて外に出られない。

「あのすみません。勘違いでなければ、いらっしゃるのは明日じゃなかったですか？」

「……そうだ。しかし正輝も和泉も怒りが冷めやらないようだったからな。直接当事者である君と話せないかと思い」

鬼のいぬ間を狙《ねら》ってきたということか。この伯父、抜け目ないぞ。

「どうも弟も甥《おい》も君を表立たせたくないようだが、私も真実が知りたかった。急に訪ねてすまない」

謝りながら引く気もない、この強引な手法は冴草家の血が為《な》せる業なのだろうか。こうもあっさり謝られてしまうと何も言えない。

「うちの娘《むすめ》は一方的に君が悪いと言うばかりで……。正輝から聞いた話とかなり食い違いがある。私とて娘を疑いたくないが、君の怪我の様子を見ているとそうも言えないようだ。

ひとまずこれを見て欲しい」

伯父が鞄《かばん》から出したのは薄《うす》い冊子だった。そうそれは即売会で見るコピー本、ではない。

机の上に置かれた資料を読んで私は眉《まゆ》を顰《ひそ》めた。

「これはもしかして安里さんの証言ですか」

「そうだ、私が日曜日のことを順を追って纏《まと》めてみた。訂正《ていせい》する点があれば教えて欲しい」

私は手に取り、エドモンド安里主演による脚本《きやくほん》を読み始めた。

それによると、私はとんでもないブラコンのヤンデレ妹と化していた。

舞台の始まりは若者《わかもの》に人気のガレット屋。偶然《ぐうぜん》安里さんが兄に会った場面から始まっている。安里さんが相席し兄と歓談《かんだん》していたところに妹の私が現れ、「兄にちょっかいを掛けるな」と安里さんの腕を引っ張り、無理矢理店から連れ出した。

そして中学生の私に踏んだり蹴ったりされた挙げ句、安里さんを助けに来た兄に私が「安里さんにいじめられた」と濡《ぬ》れ衣《ぎぬ》を着せ、それを信じた兄は安里さんを雨の中の公園に置き去りにしていった、らしい。ここまでくると妄想力《もうそうりよく》の高い腐女子《ふじよし》も真っ青のワンダフルワールドだ。

しかも三ページ目の《現状》には、私の繰《く》り出した腹パンチによって腹部が痛むため、学校を休み自宅療養《りようよう》中と書かれている。——私は痛くても松葉杖をついて学校に通ってますけど!!

「私を見て矛盾《むじゅん》点にお気付きだと思うんですが、どちらが重傷でしょうか?」

私は明日のために準備しておいた診断書のコピーを見せた。

頬の切り傷、お尻《しり》の打撲《だぼく》傷——それと左足の甲の骨折について詳《くわ》しく記入されている。骨折と伝えれば車椅子生活を強いられそうな気がして、兄には捻挫《ねんざ》だと偽《いつわ》っていた。

更に私はマスクを外して、隠していた頬の傷を晒《さら》す。三本の大きな爪痕《つめあと》は猫《ねこ》に引っ掛かれちゃって！　なんて誤魔化《ごまか》せるものじゃない。

「確かに私は反撃しましたが先に手を出したのは娘さんですし、顔は長い爪で引っ掛かれ、足はハイヒールで踏まれて骨折、お尻は突《つ》き飛ばされた時にできた怪我です。娘さんの言葉に比べれば、初対面の私の言葉なんて信じがたいかもしれません。——けど、私は兄を婚約者と言いつつ物のように扱う安里さんや、本人の了承なしに婚約を結んだ貴方《あなた》が許せなかった」

「和泉も納得した上での婚約だ。君が口を出す問題じゃない」

「赤子の和泉さんに拒否権があったとでも？　安里さんの傍にいるだけで蕁麻疹《じんましん》が出て、呼吸困難になっても、和泉さんの女性嫌いの元凶が貴方の娘さんで、安里さんを名前すら呼びたくない程嫌っていても、貴方は強制する気ですか！」

私は堪らず怒りで声を荒らげた。

「私はそのような話は本人から聞いていない」

「そうでしょうね。どうしたって貴方は娘の安里さんの言葉を信じる。だから兄は然るべき所に訴えてでも謝罪させる、と言ってます」

伯父は裁判沙汰《さいばんざた》になるとまでは考えていなかったようで目を丸くした。

「電話で弁護士の方に相談していましたよ。ここに書かれた安里さんの証言も虚言《きょげん》だとすぐにわかるでしょうね。特に最初のお店のくだりは目撃者《もくげきしゃ》も多いですし。私に非がない上、安里さんは未成年の私に暴行を加えたんですから、うちの方が有利だと思います」

「そうなるともう君と娘だけの問題ではなくなってくる。こちらにも社会的立場というものがある」

先程まで淡々《たんたん》と話していた伯父に焦《あせ》りの色が滲《にじ》み始めていた。本当に娘を信じていればそんな顔にはならない。父親から見ても娘の証言に不審《ふしん》な点があると気付いていたのだ。だからこそこの人は娘を連れずに、私だけがいる時間を狙って訪ねてきた。小娘一人、簡《かん》単《たん》に言いくるめられると思っていたに違いない。

「ええ、そうでしょうとも。有名な不動産会社の社長さんともなれば、色々不都合があるとお察しします」

「金か」

大人と違って、子供の喧嘩はお金で解決しないんですよ。私はにこりと笑って、伯父に救済案を打ち出した。

「兄と安里さんの婚約は破棄して、二度と二人を会わせないで下さい。約束していただけたら、父と兄には私から裁判にはしないように話しておきましょう」

「娘はきっと、素直に私の言葉には従わない」

自分の娘だろう。あなたが止めなくて誰が止められると言うのだ。

「そうなったら、安里さんをストーカーとして訴えればいいだけですね」

「……わかった。説得しよう」

伯父は苦悶《くもん》の表情を浮かべ項垂《うなだ》れた。子供より自分の身の方が可愛い親に同情の余地はない。身から出た錆《さび》だ。安里さんの性格は教育環境《かんきょう》が悪かったとしか思えない。

「ありがとうございます。今日お話しできましたから、明日は来ていただかなくて結構です。約束、しましたしね」

伯父は黙《だま》って頷き、スッと立ち上がった。見送るつもりで立ち上がろうとすると制止される。

「君は怪我をしているのだから無理をしてはならない。こんな小さい体でよく安里や、私にまで立ち向かったものだ。——私は正輝や和泉が君を隠しておきたい気持ちが少しだけわかった気がするよ」

伯父は苦笑して私の頭を撫《な》でた。最初は似てないと思ったのに、その下がった眦《まなじり》は父とよく似ていた。

「すまなかったね」

最後の最後に伯父はもう一度謝った。礼儀正しくて、強引で、不器用な伯父は深々と私に頭を下げて家を出て行った。私は玄関の鍵《かぎ》を掛けてからバタンとソファに倒れ込んだ。

力尽きた……。突撃晩ご飯ならぬ伯父の来訪に私のライフゲージは極限まで擦《す》り減った。人と極力関わりたくないコミュ障《しょう》に何やらせとんじゃ、ボケ。と言えるような人間になれたらどんなに楽か。

これから洗濯物《せんたくもの》を取り込んで、晩ご飯のメニューを考えないと。簡単なことも今は怪我のせいで、全てが億劫《おっくう》だった。

「ただいま、悠子ちゃん」

びっくぅぅぅ、耳元で吹き掛けられた息に腰《こし》のあたりがゾクっと震《ふる》えた。驚きと刺激のWパンチで私は恥ずかしさのあまり、顔を上げられなくなってしまった。

「こんな所で寝《ね》てるなんて珍しいね。体冷やしちゃうよ」

「だ、大丈夫です」

「でも……スカートめくれてるから」

その言葉で私は瞬時《しゅんじ》に起きあがり、スカートを手で押さえた。絶対、見られた。私は赤い顔を自覚しながらキッと兄を睨んだ。

「わざとじゃないんだよ、ごめんね？」

「いーえ、こちらこそ見苦しいものをお見せしてしまって申し訳ありませんでした!!」

「そんなことないから。水色のレースって可愛いよね。俺は見せてくれるなら毎日でも」

「見せませんっ」

っはぁはぁ、私は息を切らしながら反論した。下着を褒《ほ》めたのはフォローのつもりかもしれないけど、紛《まぎ》れもなく余計な一言だった。そこは嘘《うそ》でもいいからよく見えなかったと言って欲しかった。

「それは残念だな。けど気を付けてね、ウチには誰がやってくるとも限らないんだから」

打って変わって冷え冷えとした兄の声に私は背筋が震えた。兄の見ている方向には二つの湯呑みが並んでいる。先程、伯父が来た時出したものをまだ片づけていなかった。

「いかがわしい真似、されてないよね?」

「なっ何のことでしょう?」

私はまだ伯父が来たとは言っていない。でも兄は誰が来ていたか既に確信しているようだ。

「こうやってさ」

ドスンと、ソファに倒れ込んだ私の眼前に兄の美貌《びぼう》が広がる。その近すぎる唇《くちびる》から漏《も》れる息の熱さに私は身をよじった。兄はそんな私の抵抗《ていこう》を見て首を横に振る。

「押し倒すのなんて訳ないんだよ」

野性味を帯びた琥珀《こはく》色の眼差《まなざ》しが私を射抜く。片手は私の背中に回り、もう一方の手は右足の太ももの上を滑《すべ》っていった。正直くすぐったい。しかし笑ってはいられない。その柔肌《やわはだ》の感触《かんしょく》を楽しむように上下する兄の手に、私は身の危険を感じた。

「だから、俺以外の男はみんな狼《おおかみ》だって忘れないで」

「は、はいぃぃ〜っ」

私は半泣きになりながら、伯父が来たことを白状させられたのである。

洗いざらい伯父との会話を吐《は》かされた私はぐったりとソファの肘置《ひじお》きに倒れ込んだ。隣に座る兄はぐいっと私の肩に腕を回して、自分の方へ引き寄せる。かくんと私の頭が倒れた先は兄の肩だった。

「安里の時も感じたけど、何でも一人で解決しようとしないで欲しい。俺は心配で悠子ちゃんから目が離せないよ」

それができれば苦労はない。初対面の伯父がいきなり我が家に来たのは驚《おどろ》いたけど、結果的に一対一で話せて良かった。きっと明日安里さんと伯父が来ていたら私の出る幕はなかった。兄と父が主導で話をするのはわかりきっていた。

私からすれば喧嘩を買ったのは私なので口出しされるのも納得がいかなかったし、私の怪我なんかより兄の問題を先に解決させたかった。

「……善処《ぜんしょ》します」

渋々私は頷いた。でも再び兄に危険が迫ったら、私は兄の前に飛び出さずにはいられないだろう。私の体の傷は時間と共に治っても、兄の心の傷は時間では治らない。

いつまでも安里さんに与えられた傷で苦しむのなら、私を心配することで頭をいっぱいにしてしまえ。

「悠子ちゃんのためなら何でもしたいのに、悠子ちゃんが困っている時は何もさせてくれないね。もっと俺に甘えていいんだよ」

兄は知らないのだ。私は素直じゃないから甘えられないわけでも、兄が頼りないから相談しないわけでもない。私のために全てを擲《なげう》ってしまう人だとわかっているからこそ、言えなかった。

「今のままで充分《じゅうぶん》ですよ。安里さんのことも裁判にしないで下さい。お金は誠意になりませんし、復讐《ふくしゅう》は何も生みません。時間が勿体《もったい》ないじゃないですか。私と出掛ける旅行の予定でも考えてくれた方が何倍も嬉しいです」

いくら謝られても、許せない。私の逆鱗《げきりん》に安里さんは触《ふ》れた。

兄に執着《しゅうちゃく》する安里さんにとって、私の下した判断は安里さんへの最大の罰《ばつ》になる。それを私は誰より心得ているのだ。

兄はぽかんとした表情をしてから宝石箱を開けたかのような目映《まば》ゆい笑顔を見せてくれた。

「……わかったよ」

兄はぽんぽんと頭を撫でてきた。そういえば伯父さんも頭を撫でていったな。私は疲《つか》れきった体を兄に委《ゆだ》ねて眠りについた。

ギプスも取れ、骨折がほぼ完治した三カ月後、兄は自動車教習所に通い始めた。教習所には十八歳の誕生日の二カ月前になると入校できるらしい。

「学校に通いながらだと大変ですよね。卒業してからにすればいいのに」

「なるべく早く免許取りたいなぁって思ってね。来年は悠子ちゃんも高校生になるし、最初は車で近場に旅行に行こうよ」

「お父さんに車出してもらえばすぐにでも行けますよ？　家族四人で旅行なんて初めてですねぇ。どこに行きましょうか」

「ん？　旅行に行くのは俺と悠子ちゃんだけだよ。父さん達には留守番を頼むから」

いやいや、それは無理でしょう。いくら家族といえども年頃の男女が旅行とか、まず父が許さないと思う。

「悠子ちゃん子供好きだよね？」

「え、まぁ好きですけど」

「俺、もっと頑張《がんば》ってみようと思って。悠子ちゃんも協力してね」

私の思考は一時停止した。何故、この会話の流れで子供の話を持ち出してくる。そして何を頑張るというのだ。

「ま、ままますは家族四人で出掛けましょうよ。人数が多い方が楽しいですよ!!」

不吉な予感がした私はあたふたしながら教習所に向かおうとする兄を玄関で引き止める。

「俺は悠子ちゃんと二人だけの方が楽しいな」

兄はひどく優《やさ》しい笑みを浮かべて私の頬に手を当てたかと思うと、そのまま唇を寄せてきた。油断していた、私は頬を押さえて咄嗟《とっさ》に後ずさった。

「夕飯までには帰ってくるから、いいコにして待ってて」

したり顔の兄は私に手を振り、玄関の扉の外側からガチャンと鍵を閉めた。

十三 兄の心火

悠子《ゆうこ》ちゃんを公園で見つけた時、俺は目を疑《うたが》った。いっそ目の錯覚《さっかく》であればどんなに良かったか。悠子ちゃんは雨の降りしきる公園で地面に倒れていた。

安里《あんり》は勝ち誇《ほこ》った顔で泥塗《どろまみ》れの悠子ちゃんを見下ろしている。血の気が引いた。誰が悠子ちゃんに危害《きがい》を加えたかなんて一目瞭然《いちもくりょうぜん》だった。

しかも立ち上がろうとしている悠子ちゃんは腕《うで》を振り上げ、勇猛果敢《ゆうもうかかん》に安里に反撃《はんげき》しようとしているではないか。俺は慌《あわ》てて悠子ちゃんの背後に回り、振り上げた右手を摑《つか》んで止めた。

「俺はもう大丈夫だから、やめて」

顔を覗《のぞ》けば、頰《ほお》は赤く腫《は》れて三本の爪痕《つめあと》がくっきりと浮かび上がっている。傷口からは血が滲《にじ》んでいた。

「和泉《いずみ》、来てくれたの」

悠子ちゃんを傷つけた犯人が縋《すが》るような目で俺を見ていた。虫唾《むしず》が走る。ここは危険だ。何より怖《こわ》いのは俺が傷つくことではなく、これ以上悠子ちゃんが傷つけられることだ。

「帰ろう。体も冷えてるよ。せっかく風邪《かぜ》治ったのに。ほっぺも血が出てる。早く手当てしないと」

「平気です。死にゃしません」

手の甲で血を拭《ぬぐ》った悠子ちゃんの瞳《ひとみ》は闘志《とうし》に燃えていた。地面に叩《たた》き付けられて、泥を浴びて、顔に傷まで負って、立ち向かおうとする悠子ちゃんを俺は必死で止めた。そもそも話し合いをすると言って安里を店から連れ出したはずだ。それが何故《なぜ》、血を流す激闘《げきとう》にまで発展しているのか。

小柄《こがら》な悠子ちゃんが安里に戦いを挑《いど》むのは、鼠《ねずみ》が猫《ねこ》に咬《か》みつくようなものだ。俺がどうして無謀《むぼう》な戦いに応じたのか尋《たず》ねると、

「……もう拳《こぶし》で語り合うしかなかったんですよ」

と彼女は呟《つぶや》いた。正直、意外だった。内気な悠子ちゃんは喧嘩《けんか》を買うタイプにはとても見えない。暴力とは縁遠《えんどお》い清《きよ》く正しい生活を送っていただろう。

——その悠子ちゃんが俺のために戦ってくれた。安里に対して怯《おび》えていた俺を小さな体で精一杯守ろうとしてくれていた。俺は無意識の内に悠子ちゃんに甘《あま》えていたのだ。俺の中で喜びと情けない気持ちが交錯《こうさく》した。

今はとにかく、泥で汚れ冷えきった悠子ちゃんをこのままにはしておけない。俺は泣き叫ぶ安里を放置して悠子ちゃんと公園を後にした。

家に帰るとリビングの電気が点《つ》いていなかった。両親の不在に俺は胸を撫《な》で下ろした。顔に傷を作ったずぶ濡《ぬ》れの悠子ちゃんの姿を見せたくなかった。

俺は悠子ちゃんをすぐ風呂に入るように促《うなが》した。悠子ちゃんは俺に遠慮《えんりょ》して先に入って欲しいと首を横に振ったけどここは譲《ゆず》れない。雨に濡れた服が悠子ちゃんの体に張り付き、体の曲線を露《あら》わにしていた。

「これ以上俺を心配させないで。体は震《ふる》えてるし、自分では気付いてないだろうけどココも紫色になってるんだよ」

悠子ちゃんの柔《やわ》らかな唇《くちびる》に人差し指を乗せる。いつもは赤いさくらんぼのような唇が紫に変色していた。

「それとも俺がここで脱《ぬ》がしたら、すぐお風呂に入ってくれる？」

見開いた悠子ちゃんの瞳が俺を映《うつ》し出す。さっきより顔色が良くなった悠子ちゃんを見て俺は笑った。もし彼女が応じてくれるなら髪に付いた泥を一粒《ひとつぶ》残らず洗い流してあげたい。そして体の芯《しん》が温まるまでお風呂から出してあげないのに。

「じゃ、じゃあ先に頂《いただ》きます」

悠子ちゃんは俺から逃《に》げるように、浴室へと走り去った。

俺は水に濡れて重くなった上着を脱いで、ストーブのスイッチを入れた。彼女がお風呂から上がってきたら大きなバスタオルで髪を拭《ふ》いて、温めたミルクを出してあげよう。頬の傷の手当てをするための救急箱と、風邪をひいてるかもしれないから体温計も持ってこないと。念のために薬も飲んでもらって、彼女が眠りにつくまで傍《そば》にいる。俺にできることは何でもしたい、そう思えるのが何より幸せだと思えた。


夜、俺はリビングでその日あった事を親父《おやじ》に報告した。それでもお前は男か！　と鳩尾《みぞおち》を殴《なぐ》られ、俺は腹を押さえて痛みを堪《こら》えた。悠子ちゃんが不甲斐《ふがい》ない俺を責めなかった分、父が代わりに俺を叱《しか》った。

「オレはお前が悠子ちゃんに愛着を抱《いだ》いているのは誰《だれ》より知っているつもりだ。それなのにお前ときたら、妹である悠子ちゃんに守ってもらうとは嘆《なげ》かわしい。小学校を出て二年も経っていない女の子に、しかもあんなにちっちゃくて、可愛くて、健気《けなげ》で愛くるしいオレの娘に怪我《けが》を負《お》わせるなんてっ……すぐ兄貴に連絡を取る。安里がそこまで常識知らずだとは思わなかった」

「ついでに親父が勝手に口約束で決めた安里との婚約も解消《かいしょう》してくれ」

「……その件に関してはオレが悪かった。兄二人には娘しかいない。だから冴草家《さえぐさけ》で唯一男であるお前に白羽《しらは》の矢が立ったんだ。オレは親に勘当《かんどう》された身で、世話になった兄に対して恩があった。その兄にお前を婿《むこ》として迎え入れたいと言われた時に承諾《しょうだく》したのは、恩返しのつもりだったんだ」

今じゃ世界を股《また》に掛《か》ける写真家だが、大成《たいせい》したのは俺が幼稚園《ようちえん》に入った頃だった。それまで親父は伯父《おじ》の援助《えんじょ》を受けながら生活していた。その事実を後日安里の口から聞かされた時、俺は自分が借金の担保《たんぽ》にされたようで更に親父が嫌《きら》いになった。

「だが――それは間違《まちが》いだったな。自分は親の決めた道に反抗《はんこう》して家を出た癖《くせ》に、和泉に将来を押し付けたようなものだった。長い間、すまなかった」

親父の謝罪に俺は黙《だま》って頷《うなず》いた。幼い頃、父親が外国へ飛び母親もいない期間は、よく安里の家に世話になっていた。それは終わらない悪夢のような時間だった。悪魔の三姉妹はそれこそ目が覚めてから寝るまでずっと傍にまとわりついた。

一日でも、一時間でも早く迎えが来ないかとひたすら父からの連絡を待っていた。今更謝られても遅《おそ》い。子供の時の俺のつらさは謝罪ひとつで許せるようなものではなかった。女が苦手になったのも、父の作り出した環境による影響《えいきょう》が大きい。あの時、俺を救い出せたのは親父だけだったのだ。

「俺はずっと親父を待ってたよ。幼稚園でも親父の預けた実家でも病院でも児童相談所でも家でも。わかってただろ。俺が親父の選んだどの母親にも懐《なつ》いてなかったことくらい。安里のことだって大嫌いだった」

俺はあの家には行きたくないと幾度《いくど》も訴《うった》えた。にもかかわらず親父は自分だって寄りつきたくない実家に俺を身代わりにして置いて行った。

あれは立派《りっぱ》な育児放棄《ほうき》だった。面倒事は全て子供の俺に押し付けて、自分だけ好きな世界に浸《ひた》って、俺にとって一番ずるい大人は他の誰でもない親父だった。

「でもいいよ、俺にはもう悠子ちゃんがいるから。悠子ちゃんは俺との未来を約束してくれたから、それだけでいい」

「……あぁ、わかってるよ。お前は随分《ずいぶん》前にオレを見限っていた。オレがお前にできたことといえば悠子ちゃんに会わせてあげられたことくらいなんだろう」

そう、それが一番の親父の功績《こうせき》だ。だから昔の話はなるべく蒸《む》し返さないようにしている。全ての苦労が悠子ちゃんに繋《つな》がっていたと思えばこれまで耐《た》えてきた甲斐《かい》があった。

「そこだけは親父に感謝してるよ。妃《きさき》さんが親父を惹《ひ》きつけるような魅力的《みりょくてき》な女性で良かった」

「そうだな。今回のことはオレから妃さんに話しておく。本《もと》を正せば安里とお前を婚約させたオレの責任だ」

「俺から言うよ、これは俺のけじめだから。親父には関係ない」

関係なくはないだろうと親父が叫《さけ》んだが、親父の願いを聞く耳などはじめから持ち合わせていない。二人で言い争っていると、

「待ちなさい！　話は全て聞いたわ」

階段から突然《とつぜん》妃さんが姿を現した。その後ろからひょこっとパジャマ姿の悠子ちゃんも顔を出す。

「悠子ちゃん！」

「妃さん！」

恐《おそ》らく一番動揺《どうよう》していたのは親父だろう。俺も中々に情けない心情を吐露《とろ》していたが、それ以上に後ろめたい親父は視線を彷徨《さまよ》わせた。

「和泉君、そんなに責任を感じなくてもいいわ。悠子が他人と喧嘩できるようになったなんて上等よ。今まではそんな意地もこだわりもないような子だったから。それに悠子も貴方に謝ってもらいたいなんて思ってないわ」

「そうです。あれは私と安里さんの戦いであって、結果はどうであれ私は安里さんに一矢《いっし》報《むく》いることができたので満足してます」

妃さんと悠子ちゃんはうんうんと頷いて俺をフォローしてくれる。しかし男としての矜持《きょうじ》がそれを許さない。

「いえ、でも俺がもっとしっかりしていれば」

「ノープロブレムよ！　本人が気にするなと言ってるんだからごちゃごちゃ言わないの。女々《めめ》しいわよ」

俺の主張はぴしゃりと妃さんに一蹴《いっしゅう》された。

「正輝《まさき》さんも昔のことばかり気にしてないで前を見なさい。今は和泉君も一緒に暮らしてくれてるでしょ、口だってきいてくれるし、息子から歩み寄ってくれてる証拠《しょうこ》じゃないの！　自分の間違いに気付いたのなら今から、父親として頑張《がんば》ればいい。無理だと思ったら私もいるわ。一人で抱《かか》え込まないで一緒に考えましょう」

「き、妃さん……」

隣《となり》にいる親父は泣きそうだった。こんな親父でも呆《あき》れず叱咤《しった》してくれるなんて……。

親父は外面《そとづら》がよく、他人の前では包容力《ほうようりょく》のある男を装《よそお》っている。だから今までの義母《はは》は結婚すると家庭を顧《かえり》みない人だとわかり、親父に幻滅《げんめつ》するのが常だった。

「お父さん、人は変われるんだよ。私も最初は不安だったけど、今はお父さんと家族になれて良かったって思ってる。優しくてかっこよくて、お父さんの撮《と》ってくれた海の写真、綺麗《きれい》で部屋に飾《かざ》ってるんだよ。気遣《きづか》い上手で、車を運転してる時も素敵だし、和泉さんみたいに実は涙脆《なみだもろ》いところも、このおっきい手も好き」

悠子ちゃんの小さな手がギュッと親父の手を握《にぎ》る。すると、その手の上に次々と親父の涙《なみだ》が零《こぼ》れ落ちた。その気持ちはよくわかる。けど見ていて面白くなかった。悠子ちゃんにとっての親父はそんなに素敵なのか……いいとこ取りなだけだ。納得がいかない。

親父は遂《つい》に堪えられなくなったのか、悠子ちゃんを腕の中に閉じ込めた。その上からふわっと二人を包み込むように妃さんが両手を回した。

「ほら、和泉君も来なさい」

妃さんが小声で俺を手招《てまね》きする。俺はおずおずと恥《は》ずかしい気持ちで家族の輪に加わった。いつか悠子ちゃんが夢うつつで零した言葉を思い出す。これでは何だか本当にホームドラマみたいだ。俺はそのぬくもりに浸《ひた》りながら、家族のために自分は何ができるのか、将来について真剣に考え始めるのだった。

翌朝、俺は悠子ちゃんの病院の付き添《そ》いをしたかったが学生の本分を忘れるなと妃さんに諭《さと》され、泣く泣く学校に行った。

学校からまっすぐ家に帰ると悠子ちゃんの左足にはギプスが巻かれており、俺は驚嘆《きょうたん》した。足の甲の捻挫《ねんざ》で全治《ぜんち》三カ月、ギプスが取れるのは一カ月後らしい。つまり一カ月は松葉杖《まつばづえ》生活を余儀なくされる。他には臀部《でんぶ》の打撲《だぼく》と頬の切り傷があったがそちらは時間と共に痛みがなくなるとの診断《しんだん》結果だった。

頬に傷跡が残らなければいいが。俺は傷跡《きずあと》も含めて全て愛せるけど、他人に詮索《せんさく》をされたり差別を受けたりしたら悠子ちゃんは傷つくだろう。現に悠子ちゃんは周りに心配を掛けまいと大きなマスクをしている。許すまじ、安里。

その気持ちは親父も同じだった。親父が伯父に連絡を入れたら、次の土曜日に安里を連れて謝罪に来ることになったらしい。だが相手はあの安里だ。素直に謝ったりしない。伯父も娘には甘いので、謝罪はただの建前で婚約破棄《はき》する気もないに違《ちが》いない。

ならばこちらも迎え撃つまでだ。俺《おれ》の妹に傷をつけたことを後悔《こうかい》させてやる。俺は自室でペンを片手に六法全書《ろっぽうぜんしょ》をめくった。


伯父が来る日の前日、学校から家に帰ると俺はすぐに悠子ちゃんの靴《くつ》の存在に気付いた。

間に合わなかったか。今日は人身事故で電車が止まり、遅くなってしまった。

リビングの扉《とびら》を開けると、テーブルの上に二つ湯呑《ゆの》みが並んでいた。俺の分かなと思って覗いてみると湯呑みの底に少量のお茶が残っている。違和感《いわかん》を覚えた俺はスタスタと玄《げん》関《かん》に戻《もど》って周囲を見渡す。足元には一足分客用のスリッパが出したままになっていた。

俺がいない間に誰か来たな。俺は階段を駆《か》け上がって悠子ちゃんの部屋の扉を叩いた。

「悠子ちゃん、いる？」

中からの返事がない。まさか暴漢《ぼうかん》に襲《おそ》われたんじゃ、心配になって俺はドアノブを回した。部屋に入って中を見渡す。他にも本棚のカーテンをめくったり、ベッドの下を探しても、そこにあるのは薄《うす》い漫画《まんが》だけだった。本屋では見ない変わったサイズの漫画だ。気になるけど今はそれどころじゃない。俺は元の状態に戻して、リビングに戻った。

なんだ、ここにいたのか。ソファの端《はし》から悠子ちゃんの黒髪《くろかみ》がちょこんと出ていた。背もたれで隠《かく》れて気付かなかった。正面に回ると、

「っ」

衝撃《しょうげき》映像に目を瞠《みは》った。悠子ちゃんは猫のようにソファの上で丸くなって眠っている。か、可愛いけどひとつだけ見逃《みのが》せない点がある。

悠子ちゃん、下着見えてるんだけど……。制服のスカートがめくれて白い滑《なめ》らかな脚《あし》と薄い水色の下着が覗いていた。俺以外の人間が見たらどうするんだ。危機感がなさすぎる。

俺はすぐさま悠子ちゃんを起こしてさりげなく下着が見えていることを指摘した。

悠子ちゃんが顔を真っ赤にして俺を睨《にら》む。そんなの痛くもかゆくもない。むしろその様は男を煽《あお》っていると言ってもいい。

「わざとじゃないんだよ、ごめんね？」

でも悠子ちゃんがとても恥ずかしがっているから、俺は一応謝った。

「いーえ、こちらこそ見苦しいものをお見せしてしまって申し訳ありませんでした!!」

誰も見苦しいとは言っていない。ただ、あまりにも無防備《むぼうび》だ。もっと男に対して警戒心《けいかいしん》を持って欲しい。

「そんなことないから。水色のレースって可愛いよね。俺は見せてくれるなら毎日でも」

「見せませんっ」

「それは残念だな。けど気を付けてね、ウチには誰がやってくるとも限らないんだから。

——いかがわしい真似、されてないよね？」

出しっぱなしのスリッパ、使用済みの二つの湯呑み、明日の約束、小さなヒントが積み重なり、俺は誰が来たのか見当がついていた。

「なっ何のことでしょう?」

白々しくしらを切ろうとする悠子ちゃんに俺は苛立《いらだ》ちを覚えた。悠子ちゃんの身に何かあったんじゃないかと、俺は血の気が引くような思いをしたのだ。

「こうやってさ」

腹の底がじりじりと熱くなって収《おさ》まらない。俺はソファに座る悠子ちゃんの肩をトンっと押した。簡単にソファに倒《たお》れた悠子ちゃんの足の間を片膝《かたひざ》で割り、目を丸くした悠子ちゃんのすぐ傍まで迫《せま》る。

「押し倒すのなんて訳《わけ》ないいんだよ」

逃げられないように背中に手を添え、空いた手は悠子ちゃんの柔らかな太ももの上に置いた。その吸いつくような滑らかな肌の上をゆっくりと撫でて堪能《たんのう》する。悠子ちゃんは怯えてぶるぶると体を震わせていた。その反応を見て、溜飲《りゅういん》が下がる。ぎりぎりまで顔を近づけて悠子ちゃんに忠告した。

「だから、俺以外の男はみんな狼《おおかみ》だって忘れないで」

「は、はいぃぃぃ〜っ」

悠子ちゃんの目からぽろりと涙が零れた。もう、本当に大丈夫かな。俺の目には悠子ちゃんの全てが可愛く映って心配でならなかった。
俺は悠子ちゃんの隣に座って、何があったのか詳《くわ》しい話を聞いた。俺の勘《かん》は当たってい
て、伯父が来ていた。しかもよりにもよって悠子ちゃんが一人の時間に。何で悠子ちゃん
も家に入れてもてなしたりするかな。何かあったら今度は松葉杖で戦う気だったのだろう
か。心臓がいくつあっても足りない。
俺が外出している間も、家にいる悠子ちゃんの様子がスマホで見れるような術《すべ》があれば
いいんだけど……それは追々考えよう。
伯父と話し合った悠子ちゃんは、俺と安里の婚約破棄と安里の俺への接触《せっしょく》禁止を約束
させた、らしい。だから俺には弁護士や裁判の話は取り消してくれと訴えてきた。
それでは俺の気が収まらない。悠子ちゃんに傷を負わせた罪は、万死《ばんし》に値《あたい》する。実際に
命が奪《うば》えないなら、せめて社会的に抹殺《まっさつ》したかった。なのに。
「お金は誠意になりませんし、復讐《ふくしゅう》は何も生みません。時間が勿体《もったい》ないじゃないですか。
私と出掛ける旅行の予定でも考えてくれた方が何倍も嬉《うれ》しいです」
その言葉に、俺は目から鱗《うろこ》が落ちた。
悠子ちゃんは安里に温情を掛けたんじゃなくて、俺を一番に考えてくれているから復讐
を止めているんだ。確かに安里や伯父のことに時間を割《さ》くより、旅行雑誌をチェックした
り、悠子ちゃんの写真を一枚でも多く撮ったりする方が有意義だ。時間に上限があるのな

ら、俺は許される限り悠子ちゃんの傍にいたい。

「……わかったよ」

俺は悠子ちゃんのお願いに肩を竦《すく》めて、眠そうな悠子ちゃんの頭を軽く撫でた。

「君のことは、俺に守らせてね」

優しすぎる彼女を誰にもやりたくない。ならば、その前に芽《め》を摘《つ》んでおけばいい。種を植えるのは俺だけでいいのだ。努力が実を結んでそこに笑顔の花が咲《さ》くならば、怖いものは何もなかった。俺はあどけない寝顔を眺《なが》めながら幸せなひと時に浸った。

十四 妹の感動

寒さも和《やわ》らぎ桜が蕾《つぼみ》をつけた頃、私は無事《ぶじ》高校受験に合格し志望校への入学を果たした。大学の受験勉強と車の免許取得《めんきょしゅとく》を目指す兄が私の家庭教師までしてくれたのだから意地でも落ちるわけにはいかなかった。

高校の入学式には父と兄が来てくれた。カメラを持つ二人に囲まれ、立ち位置やポーズまで指定され、まるでどこぞの撮影会《さつえい》のような光景になってしまい……あれは周りからの視線《しせん》が痛《いた》かった。父も兄も異様に記念にこだわるので、現像《げんぞう》された写真の多さに母はお腹《なか》を抱《かか》えて笑っていた。

そして、私が今どこにいるのかと申しますと、——箱根《はこね》の旅館に来ております。突然《とつぜん》すぎるって？　いいえ、兄は去年から着々と準備を進めていたのです。色々兄が計画してくれている間、私も頑張《がんば》りました。どうにか兄妹旅行を家族旅行に変更できないか、父にお願いしていたのです。でも父は、決して頷《うなず》いてくれなかった。

「悠子《ゆうこ》ちゃんはもう少し和泉《いずみ》と親睦《しんぼく》を深めてもいいと思うよ」

って、既《すで》にそれはもう間に合っている。即売会《そくばいかい》と名の付くイベント以外の外出はどこでもいつでもご一緒。いつのプレステですか。もうこれは家族じゃなければスのつく犯罪者《はんざい》として訴《うった》えているレベルだ。

最後まで父は私の懇願《こんがん》を断り続け、「二人で楽しんで来てね」と車に乗った私に手を振った……。普段は私に甘い父が何故《なぜ》頑《かたく》なに首を縦《たて》に振らなかったのか。きっと兄に弱みを握《にぎ》られているに違いない。

「あ～いい湯だなぁ」

まったり温泉に浸《つ》かりながらこの後のことを考える。

温泉に入る前に見た部屋を思い出して私は頭を抱えた。奥の和室には二組の布団がぴっちり隙間《すきま》なく並び、ゆらゆらと仄《ほの》かな灯りを放つ行灯《あんどん》、枕元《まくらもと》に置かれた香炉《こうろ》からは上品な匂《にお》いが漂《ただよ》っており……咄嗟《とっさ》に襖《ふすま》を閉めた。何だ、あのけしからんムーディな雰囲気《ふんいき》は。

同人誌なら大歓迎《だいかんげい》だけど現実では断固拒否《だんこきょひ》だ。たかだか一晩、宿に泊まるだけだけど、もしかしなくともこれは私の貞操《ていそう》の危機なんじゃないだろうか。

『悠子ちゃん子供好きだよね？』

『え、まぁ好きですけど』

『俺、もっと頑張ってみようと思って。悠子ちゃんも協力してね』

一年前に旅行の話をした時の会話を思い出すと、いくら腐女子《ふじょし》の私でも警戒心《けいかいしん》が湧《わ》く。誕生日を迎《むか》えて結婚可能な年齢《ねんれい》にはなったし、兄のことも好きだ。しかし同衾《どうきん》したいとか大それたことは考えていない。私はもっと漫画《まんが》の妄想《もうそう》をしていたいお年頃なのだ。

先週号のフラバタでは合同合宿中、遂《つい》に二人の仲違《なかたが》いの原因が明かされた。小学生の頃、飛人《たかと》は穂積《ほずみ》君の書いた卒業文集で、ある真実を知ってしまう。文集のテーマは将来の夢。その文集の中で親友である穂積君は野球選手ではなく、医者になると夢を綴《つづ》っていたのだ。それは野球選手として、同じ道を歩むつもりでいた飛人にとっては大きな衝撃《しょうげき》だった。

『信じてたのに、お前が俺達の友情を踏《ふ》みにじったんだ』

最高に萌《も》える発言頂《いただ》きました——!!　愛が憎《にく》しみに変わってしまったなんて、どこのハーレクイン小説ですか。おかげで妄想が尽《つ》きなかった。

心と共に体温までもが上昇《じょうしょう》していく。危ない、のぼせる前に上がろう。裸《はだか》で倒《たお》れた私を兄が運ぶことになったりしたら目も当てられない。フラグが立つ前に私は温泉から上がることにした。

旅館で用意してくれた浴衣《ゆかた》に着替え、暖簾《のれん》をくぐると兄が出待ちしていた。浴衣の上に羽織《はおり》をはおった兄はしっとりとした髪《かみ》と上気《じょうき》した肌《はだ》が相《あい》まってお色気男子と化していた。周囲の女性達が兄に声を掛けようか、ちらちらと熱い視線を送っているけれどそれに見向きもせずに私の方へ向かってくる。

「……和泉さん、体が冷えてませんか？　先に部屋に戻《もど》っていて良かったんですよ」

「悠子ちゃん、こういう所にはね、お風呂から出てきた女性をナンパしようとする不埒《ふらち》な輩《やから》もいるんだよ」

またいらん心配をしているなぁ。狙《ねら》われてるのは私ではなく、兄なのに。

女性達は連れである私の存在を見て、蜘蛛《くも》の子のように散らばっていく。私が出てこなかったら兄は肉食系女子に囲まれてどうなっていたことやら。

「珍《めずら》しく髪結んでないんだね」

「髪ゴムは引きちぎれてどこかに飛んで行きました」

脱衣所《だついじょ》の天井《てんじょう》に当たってから、その先は行方不明《ゆくえふめい》だ。しばらく探しても見つからず、仕方なく諦《あきら》めて出てきたのだ。

こうやって話している間も背後に視線を感じる。兄はこういう状況が日常的なことだから気にしていないのかもしれないけど……。その内、背中を刺《さ》されそうで怖《こわ》い。

「ごちそうさまでした」

旅館の食事に舌鼓《したつづみ》を打った私は足を伸ばして後ろに手をついた。お腹いっぱい、もう入りません。途中で兄が「無理して食べなくていいんだよ」と気遣《きづか》ってくれたけど、私の勿体《もったい》ない精神がそれを許さなかった。

「どうする？　もう寝《ね》る？」

　正直に言わせていただけば、途轍《とてつ》もなく眠い。けどここまで来ても、私は襖の向こう側に仲良く並ぶ二枚布団と向き合う勇気はなかった。悪あがきだと罵《ののし》られようが少しでも長く時間稼《かせ》ぎがしたい。

「いえ、売店にお土産《みやげ》を見に行きます」

「じゃあ、少しお腹を休めてから行こうか」

　誘《さそ》ってもいないのに、この感じだと一緒に行くのが当然なのだろう。うん、そんな気はした。私は浴衣の帯を緩《ゆる》めてから座り直した。

「……悠子ちゃん、浴衣の着付けできたんだね。せっかく勉強しておいたのにな」

　そういえば、花火大会の話をした時にそんなことを言ったかもしれない。この旅館で用意されていた浴衣は紐《ひも》のような帯で結ぶだけの簡単なものだった。

「簡易《かんい》の浴衣ですから。それに和泉さんに手伝ってもらうのなら着るのを諦めます」

　私が自分で浴衣を着れないと言ったがためにわざわざ着付けを学ぶとは。その向上心はどこからくるのか、謎《なぞ》である。

「何で？」

　そんな怒ったような声を出されても。私はこれでも思春期《ししゅんき》の乙女《おとめ》なのですが。

「～～何ででもです！　それよりさっき温泉に入る前にちらっと見ておいたんですけど、

お土産迷ってるんですよね。母さんにメールしたけど返信来てなくて。電話しようかな」

「電話はやめておいた方がいいかもね。今、妃《きさき》さん手が離せないはずだから、俺が父さんに妃さんに聞いてもらうように頼んでおくよ」

母さん、仕事忙しかったっけ？　私↓兄↓父↓母とはまるで伝言ゲームのようだ。母と二人暮らしだった時には考えられなかったまわりくどさ。それが何だか面白い。へらへら笑っていると兄が私の顔を覗《のぞ》いてきた。

「悠子ちゃん、やっぱり眠いんじゃない？」

「眠く？　ないですよ」

だからこうして返事もしているではないか。座卓に片腕《かたうで》を乗せて前のめりになっているけど私はまだ起きている。

「あーうん、これは目に毒だな」

「どく？」

私が首を傾《かし》げると兄がごくりと息を飲んだ。私は毒なんか持っていない。ちらりと見上げて視線で訴えると兄は顔を逸《そ》らした。

「今の可愛すぎるからダメ」

これは真剣に眼科へ行くのを勧《すす》めるしかない。早く治療《ちりょう》してもらわないと、私は歯の浮くような台詞《せりふ》に埋《う》め尽くされて息ができなくなってしまう。そう言ったのだが。

「病院に行っても変わらないよ。悠子ちゃんはもっと俺に溺《おぼ》れてね」

もはや、兄が何を言っているのかわからない。わかるのは頭を撫《な》でてくれるぬくもりだけだ。その心地よさに容赦《ようしゃ》なく睡魔《すいま》が襲《おそ》ってくる。まだ、眠りたくないのに。私はこの手に弱すぎる。

兄のゴッドハンドによって、私は呆気《あっけ》なく眠りに落ちた。


いつもと違《ちが》う枕《まくら》……そうだ、和泉さんと箱根に来ていたのだ。思い出したところで、私はバッと起きあがった。絶景が広がる窓辺から朝日が差し込んでいる。私はパタパタと自分の体を叩《たた》いて異常がないか確かめた。着衣の乱れはないな、よし。体も特に痛いところはない、よし。

無事、大人の階段を上らずに済《す》んだようだ。桃色のアレコレが杞憂《きゆう》に終わって良かった……!! 兄が思わせぶりなことを言うから、心の準備をしておいてねという意味かと深読みまでしてしまった。

「おはよう、よく眠れたみたいだね」

襖を開けて入ってきた兄は既に浴衣から普段着に着替えていた。ふと、隣を見ると布団が綺麗《きれい》に畳《たた》んである。

「も、もしかしてもう朝食の時間ですか?」

昨日、兄が朝ご飯はバイキング形式だと話していた。朝食を終えたらチェックアウトの時間も近い。そうのんびりしていられない。

「急がなくていいよ。父さんがもう一泊してこいだって」

「えっいいんですか」

「そうそう、だから午後は美術館と駅近くのお土産屋さんを回ろうよ。美味《おい》しいお蕎麦《そば》屋さんもチェックしてあるんだ。楽しみだね」

やったー!!　まさかの旅行延長に私は喜んだ。もう夜の心配はしなくていいからゆっくりたっぷり肩の力を抜いて箱根を楽しめるぞ。と私はお気楽なことを考えていたのだが、その四カ月後になってコトの真相が判明するのである。


「子供が出来たの」

「え、本当に」


母の告白に私は度肝《どぎも》を抜かれた。休日の朝から家族四人、ダイニングに集められたから何かと思えば母からの懐妊報告《かいにんほうこく》。母の隣では父がニコニコ嬉《うれ》しそうに笑っている。

「おめでとう母さん。ねぇ、いつ生まれるの母さん。男の子？　女の子？」

「悠子ちゃん、落ち着いて」

私の隣に座った兄が興奮気味《こうふんぎみ》の私の頭をポンポンと叩いた。そう言われても落ち着いてなんかいられない。憧《あこが》れの妹か弟が自分にできるなんて夢みたいだ。どんな子でも可愛がる自信がある。

「生まれるのは半年後くらいかしら。私もこの歳《とし》になって産むことになるとは思ってなかったんだけどねぇ」

「妃さん、オレも手伝うから何でも言ってね。仕事は数年休んでも蓄《たくわ》えがあるから気にしないでいいよ。ほら、赤ちゃんの名前事典買ってきたから悠子ちゃんも一緒に見よう」

「わぁ、お父さん準備がイイ！　ステキ！　縁起《えんぎ》のいい名前にしましょう」

私と父はテーブルの上に事典を広げて、夢中になって生まれてくる赤ちゃんの名前を考えた。

その後は、家族みんなで車に乗って百貨店へ向かった。そこで昼食をとり、母のマタニティウエアを買って、赤ちゃんの物は下見に留《とど》めておいた。家に帰ってからネットでベビーカーの評価を調べよう。種類が多すぎるからママさん達の意見が知りたい。歩き回った私はエスカレーター横の椅子《いす》に兄と座って一休みする。

にしても、喜びがはちきれんばかりの私に比べて兄は落ち着き払っている。母からの報告を聞いた時も驚《おどろ》いた様子はなかったし、もっと感動してもいいんじゃないだろうか。

「和泉さんは嬉しくないんですか？　喜びを分かち合いましょうよ」

ムッとした顔の私に兄はくすりと笑った。

「悠子ちゃんは本当に子供が好きなんだねぇ。でも俺は結構前から知ってたからさ」

「……どういうことですか」

「じゃぁ、ヒント。俺と悠子ちゃんは四カ月前どこにいたでしょう？」

四カ月前、といったら箱根？

もしかして、私達が旅行に行っている間にできた子ですか。

今思えば思い当たる節《ふし》がある。一泊だった旅行が二泊三日に変更になり、兄は母さんが電話には出れないと言っていた。もっと思い起こせば、兄が旅行を発案し子供の話をしたのは一年以上前で全ては兄の計画通り……尊敬を通り越して空恐《そらおそ》ろしさを感じる。

「親のことも視野《しや》に入れて人生設計をするなんて、スゴイですね」

「そうだよ。これは俺と悠子ちゃんのこれからにも関係してくるから。悠子ちゃんが前に両親が離婚して俺と他人になっても大切だって言ってくれたけど、親が離婚しないに越したことはないいんだよね。父さんは、何回か離婚してるから俺としては信用しがたいし。遅《おそ》くにできた子供って可愛いっていうでしょう？　そうじゃなくても父さんは妃さんにベタ惚《ぼ》れなんだけど、子供がいた方が絆《きずな》も深まるしね」

おう、なんか兄から黒いオーラが漂っている。それは考えすぎというか、心配性にも限度がある。

「だから悠子ちゃんは結婚しないでずっとウチにいてね」

にっこりと笑いながら放った兄の要望に、私はクリティカルヒットを喰《く》らった。これはエドモンド安里《あんり》の頭突《ずつ》きの比じゃない。私の意志を無視して何たる計画を立てているのだ。

「そ、それはちょっとお約束できません」

ここは正直に言わねばあとで大変なことになるだろう。

兄は家族の愛情に飢《う》えた人だから、私と家族であることに固執《こしつ》しているのだ。これから家族も増えることだし、私もしばらくはこの家にいるつもりだ。弟妹《ていまい》の子供時代って黄金《おうごん》期《き》だと思うのですよ。それを見逃《みのが》すとかとても私にはできない。

「和泉さんの期待に添《そ》えなくて申し訳ないんですけど、私も譲《ゆず》れないんですよね」

「悠子ちゃんが誰かと結婚しても、すぐに離婚させるからね」

私がその独占欲をどんなに喜んでいるかこの人は知らない。だから兄が低い声で私を脅《おど》しても、私にはまったく効《き》かなかった。

私は笑いそうになるのを堪《こら》えて告げた。

「それ、きっと困るの和泉さんですから」

Ｆｉｎ

あとがき

はじめまして、九重木春《ここのえこはる》と申します。この度は『腐女子《ふじょし》な妹ですみません』をお手にとって頂き、ありがとうございます。

現実逃亡《とうぼう》腐女子、悠子《ゆうこ》の奮闘《ふんとう》と成長の物語を楽しんで頂けましたでしょうか。二人の山あり谷ありのドタバタ劇、正直書きたいことがあり過ぎて頁《ページ》数のぎりぎりまで突き進みました。どのキャラにも思い入れがあり、語りに語った漫画のような小説だと思ってます。

素敵なイラストを描《か》いて下さったカワハラ恋《れん》様、丁寧《ていねい》に校正して下さった校正様、WEBで今作品を発掘《はっくつ》し助言を下さった編集担当I様、出版に携わって下さった皆様《みなさま》、この場を借りてお礼を申し上げます。カワハラ恋様には生き生きとした二人を描いて頂き、感謝感激しております！　執筆《しっぴつ》中は素敵なイラストを眺《なが》めて心の活性剤にしておりました。

ありがたいことに後書きに数頁頂けましたので、おまけを二本書かせて頂きました。最後まで楽しんで頂ければ幸いです。

九重木春

友人Mと冬の朝

抜き足、差し足、忍《しの》び足。息を殺して玄関《げんかん》で靴《くつ》を履《は》き、私はそっと扉《とびら》を開けた。外の気温は氷点下、家を出て早々にガタガタと歯が震《ふる》えた。地面には所々霜柱《しもばしら》が立っている。慎重《しんちょう》に足を進め、無事家の敷地《しきち》から脱出《だっしゅつ》を果たした私は暗闇《くらやみ》の中を颯爽《さっそう》と走りだした。

本日は冬の大イベント、冬コミの一日目だ。待ち合わせ時間は午前五時。商店街を歩いても、開いているお店はコンビニだけだ。全国の仲間がこの時間に起きていると思うと感《かん》慨深《がいぶか》い。

私は、人気のない駅でそわそわしながら麻紀《まき》ちゃんを待っていた。数分して現れた麻紀ちゃんは、私の姿を見て安堵《あんど》の息を漏《も》らした。

「良かった。お兄様に捕《つか》まって来れないかもって心配してたんだよ。何て言って出てきたの？」

そんな悲しい可能性を想定していたとは。否定できないのがつらいところである。

「言ってはいない。メモを残してきた」

「何て？」

「麻紀ちゃんと一緒に、早朝ランニングしてきますって……」

しばし、二人の間に沈黙《ちんもく》が流れ——ぷっと麻紀ちゃんが堰《せき》を切ったように笑い始めた。

「あっははっ、おかしい。よりにもよって、私とかむちゃんがランニング!!」

「真冬の早朝にすることなんて、ランニングか乾布摩擦《かんぷまさつ》しか思い浮かばなかったんだよ!!」

苦しい言い訳《わけ》なのは重々承知している。私だって一生懸命《けんめい》真剣に悩《なや》んで考えたのだから爆笑しないで欲《ほ》しい。

「か、乾布摩擦。これ以上笑わせないで。じゃあ、お兄様に重そうなリュックの中身について追及《ついきゅう》されたら何て答えるつもりなの」

「それは……ダ、ダンベルを入れてることにしようか」

「ぶっ、わ、わかった。それで口裏を合わせよう。あー、かむちゃんがお兄様にいじられる様が目に浮かぶなぁ」

もしかしてバレる前提ですか!?　兄に知られれば、今後イベントに参加できなくなるかもしれない由々《ゆゆ》しき事態。笑いどころじゃない。

「そんな睨《にら》まなくても。大丈夫、私に任せて☆　帰りは家まで付き合うから、その時かむちゃんはポーカーフェイスを心掛《こころが》けてね。さ、行こう。冬の祭りが私達を待ってるよ」

ゴー!!　と拳《こぶし》をあげた麻紀ちゃんが先陣《せんじん》を切って歩き出す。逸《はや》る気持ちを胸《むね》に、私は心強い友人の背中を追った。

友人Tの心の呟き

四年前に出会った俺《おれ》のルームメイト、冴草和泉《さえぐさいずみ》は容姿端麗《たんれい》、文武両道《ぶんぶりょうどう》を地で行く美少年だった。生活を共にし始めると、和泉はその派手な容姿に反して単調な寮《りょう》生活を淡々《たんたん》と過ごした。趣味《しゅみ》も特になく、部屋では勉強をするか暇潰《ひまつぶ》しに雑誌《ざっし》やテレビを見るくらい。十代にして、まるで枯《か》れた老人のようだった。

皆が帰省する中、頑《かたく》なに実家に帰ろうとしない和泉に理由を尋《たず》ねたことがある。最初は口にしようとしなかったが、二年もするとそのわけを教えてくれた。背筋が寒くなるような過去を長々と語った後、『あの家は、ただの抜け殻《がら》だから』と吐《は》き捨《す》てた時の歪《ゆが》んだ表情は今も忘れられない。

あの出会いから四年、和泉は突如《とつじょ》として変わった。

「……何で育児書なんか読んでんだよ」

「俺も悠子《ゆうこ》ちゃんの育児の手伝いができるように勉強しておこうかと」

「っおま、いつかやる気はしてたけどそれは駄目《だめ》だろう！　いつできたんだよ」

思わず尋ねれば、「俺と悠子ちゃんが温泉に行った時だけど」と平然と答えた。

「生々しい！　あ、あんないたいけな少女に……鬼畜《きちく》や」

「は？　何か勘違いしてない？　弟ができたって話だけど。それに俺は悠子ちゃんには、優《やさ》しくしかしないし」

ムッとした表情で詳細《しょうさい》を語るな。どう反応していいか困るんだよ！　こいつがこんな恥《は》ずかしいヤツだとは思わなかった。この友人は妹ができてから、きらきらと万華鏡《まんげきょう》のように形を変えていく。その目まぐるしい変化に、当の本人さえ追いつけていなかった。

妹を大切にしたいのにその方法もわからない。ブレーキのない暴走列車は失敗を繰り返しながら、少しずつ妹との距離《きょり》を縮《ちぢ》めていった。

「肩甲骨《けんこうこつ》を開けた状態でだっこするといいんだって。四十キロのコでも応用利くかな」

育児書を開きながら、真剣な顔で和泉は首を傾《かし》げた。

「おいっ、いくらなんでもそんな体重の赤ちゃんはいないって」

「相手は赤ちゃんじゃないから。俺が誰を抱き上げたいかなんて、言うまでもないだろう？」

目の前の絶世の美青年は、フェロモンを漂《ただよ》わせながら形のいい唇《くちびる》に綺麗《きれい》な弧《こ》を描いた。

――わかりたくなくても、わかってしまった。こいつにこんな顔をさせる相手はひとりだけだ。記憶の中で机の下にしゃがみこむ少女に同情しながら、心の中で合掌《がっしょう》した。

◆アンケートはこちら◆
https://ebssl.jp/bslog/bunko/alice_enq/

◆ご意見、ご感想をお寄せください。
[ファンレターの宛先]
〒102-8078 東京都千代田区富士見1-8-19
株式会社KADOKAWA　ビーズログ文庫アリス編集部
九重木春先生・カワハラ恋先生
◆本書の内容・不良交換についてのお問い合わせ。
エンターブレイン カスタマーサポート
電話：0570-060-555 (土日祝日を除く 12:00 ～ 17:00)
メール：support@ml.enterbrain.co.jp
(書籍名をご明記ください)

ビーズログ文庫アリス
http://welcome.bslogbunko.com/

こ-2-01

腐《ふ》女《じょ》子《し》な妹《いもうと》ですみません

九重《ここのえ》木《こ》春《はる》

2017年4月15日 初刷発行

発行人	三坂泰二
発行	株式会社KADOKAWA 〒102-8177　東京都千代田区富士見2-13-3 [ナビダイヤル] 0570-060-555 [URL] http://www.kadokawa.co.jp/
デザイン	島田絵里子
印刷所	凸版印刷株式会社

ISBN978-4-04-734599-7　C0193

定価はカバーに表示してあります。

ビーズログ文庫アリス

歌月碧威《かづきあおい》　イラスト：hnk《はなこ》

妹ばかり可愛がられ、自尊心が低く育った高校生の朱音《あかね》。そんなある日、五王財閥の御曹司・匠《たくみ》と出会い彼女の世界は一変！　一番大切にしていた絵本をきっかけに、毎日電話をする仲に！「私でいいの？」「俺は朱音がいい。って悪い、気安く触るべきじゃなかった」「いいの、だって匠君……おばあちゃんみたい！」「へ？」ハイスペック御曹司の愛は、自尊心0《ゼロ》少女に届くの……か？